사랑 손님과 어머니

나는 금년 여섯 살 난 처녀애입니다.

내 이름은 박옥희이구요. 우리집 식구라고는

세상에서 제일 이쁜 우리 어머니와 단 두 식구

뿐이랍니다. 아차 큰일 났군.

외삼촌을 빼놓을 뻔 했으니.

베스트셀러한국문학선 4

사랑 손님과 어머니

주요섭

소담출판사

발 간 사

우리는 물질적 가치를 중시하는 산업시대의 큰 풍조 속에서 경제적 부(富)만을 추구하는 열병을 앓고 있는 것 같다. 물질적 가치와 똑같은 비중으로 또는 경우에 따라서는 그보다도 더 귀중한 정신적 가치에 관한 소중함을 몰각한 것이 오늘날의 풍조가 아닌가 한다.

따라서 역사적으로 면면히 이어오고 있는 우리 문화의 한 중심인 문예의 가치를 인식하고, 널리 보급시키는 것은 매우 중요한 의미를 지닌다고 할 수 있다.

우리가 어진 사람을 인격의 표본으로 삼을 때 근대 문학 작품에서는 이광수의 「흙」에 등장하는 허숭을 생각할 수 있고, 옛 문학에서는 흥부를 생각할 수 있다. 이러한 문예작품 속의 인물들은 우리 민족성원 한 사람 한 사람의 마음속에 인격의 한 표본으로 존중되어 사람답게 사는 실천적 지혜로 이어진다.

여기서 문예작품은 그 작품을 창작한 개인의 재능에 의한 것이지만, 그 내용에 담긴 인물의 심성과 인격의 아름다움은 바로 그 작품을 읽는 독자들의 자아를 성숙게 하는 길잡이가 된다. 즉 작품에 실현된 정신적 가치는 우리 민족의 창조적 지혜로서 이어지고 이해되어 민족의 정신적 지향의 전통이 됨을 깨닫게 된다.

특히 젊은 세대에게 역사의식과 전통적 가치를 학습할 자료로서 우리 문학의 선집은 필수적인 의미를 지니고 있다.

오늘날의 상업적 풍조에서 탈피하여 한국의 전통을 이해하고 새 시대의 창조적 전진을 위한 밑거름으로서 베스트셀러 한국문학선은 기여할 것이다.

새 시대의 새 독자들에게 가장 뜻깊은 선물이 될 것을 자부하며, 작품의 선정에 있어서도 그 뛰어난 예술성은 물론 내용의 심화된 것을 중시하여 엄정히 선택한 것임을 밝혀두는 바이다.

신 동 욱

차례

〔주요섭〕

〈 일러두기 〉

1. 선정된 작품은 1920 – 1970년대 한국 현대 소설사의 대표적 작품들로서 현행 고등학교 검인정 문학 8종 교과서에 실린 작품 외 개별 작가의 대표적 작품을 중심으로 엮었다.

2. 표기는 원문의 효과를 고려하여 발표 당시의 표기를 중시했으나, 방언은 살리되 의미 전달을 위해 되도록 현대표기법을 따랐다.

3. 띄어쓰기는 개정된 한글맞춤법에 따랐다.

4. 외래어는 외래어 표기법을 따랐다.

5. 대화나 인용은 " "로, 생각이나 독백 및 강조하는 말은 ' '로 표시하였다.

6. 본 도서는 대입수능시험은 물론 중 – 고교생의 문학적 소양 및 교양의 함양을 위해 참고서식 발췌 수록이 아닌 모든 작품의 전문을 수록하였음을 밝혀둔다.

사랑 손님과 어머니

나는 금년 여섯 살 난 처녀애입니다. 내 이름은 박옥희이구요. 우리 집 식구라고는 세상에서 제일 이쁜 우리 어머니와 단 두 식구뿐이랍니다. 아차 큰일났군. 외삼촌을 빼놓을 뻔했으니.

지금 중학교에 다니는 외삼촌은 어디를 그렇게 싸돌아다니는지 집에는 끼니때나 외에는 별로 붙어 있지를 않아 어떤 때는 한 주일씩 가도 외삼촌 코빼끼도 못 보는 때가 많으니까요, 깜빡 잊어버리기도 예사지요 무얼.

우리 어머니는, 그야말로 세상에서 둘도 없이 곱게 생긴 우리 어머니는, 금년 나이 스물네 살인데 과부랍니다. 과부가 무엇인지 나는 잘 몰라도 하여튼 동리 사람들이 날더러 '과부딸'이라고들 부르니까 우리 어머니가 과부인 줄을 알지요. 남들은 다 아버지가 있는데 나만은 아버지가 없지요. 아버지가 없다고 아마 '과부딸'이라나 봐요.

외할머니 말씀을 들으면 우리 아버지는 내가 이 세상에 나오기 한 달 전에 돌아가셨대요. 우리 어머니하고 결혼한 지는 일 년 만이고요. 우리 아버지의 본집은 어디 멀리 있는데 마침 이 동리 학교에 교사로 오게 되었기 때문에 결혼 후에도 우리 어머니는 시집으로 가지 않고 여기 이 집을 사고(바로 이 집은 우리 외할머니댁 옆집이지요.) 여기서 살다가 일 년이 못 되어 갑자기 돌아가셨대요. 내가 세상에 나오기도 전에 아버지는 돌아가 셨다니까 나는 아버지 얼굴도 못 뵈었지요. 그러기 아무리 생각해 보아도 아버지 생각은 안 나요. 아버지 사진이라는 사진은 나두 한두 번 보았지 요. 참말로 훌륭한 얼굴이야요. 아버지가 살아 계시다면 참말로 이 세상 에서 제일가는 잘난 아버지일 거야요. 그런 아버지를 보지도 못한 것은 참으로 분한 일이야요. 그 사진도 본 지가 퍽 오래 되었는데 이전에는 그 사진을 늘 어머니 책상 위에 놓아 두시더니 외할머니가 오시면 오실 때마 다 그 사진을 치우라고 늘 말씀하셨는데 지금은 그 사진이 어디 있는지 없어졌어요. 언젠가 한번 어머니가 나 없는 동안에 몰래 장롱 속에서 무 엇을 꺼내 보시다가 내가 들어오니까 얼른 장롱 속에 감추는 것을 내가 보았는데 그게 아마 아버지 사진인 것 같았어요.

아버지가 돌아가시기 전에 우리가 먹고 살 것을 남겨 놓고 가셨대요. 작년 여름에, 아니로군, 가을이 다 되어서군요. 하루는 어머니를 따라서 저 여기서 한 십 리나 가서 조그만 산이 있는 데를 가서 거기서 밤도 따 먹고 또 그 산 밑에 초가집에 가서 닭고깃국을 먹고 왔는데 거기 있는 땅 이 우리 땅이래요. 거기서 나는 추수로 밥이나 굶지 않게 된다고요. 그래 도 반찬 사고 과자 사고 할 돈은 없대요. 그래서 어머니가 다른 사람의 바느질을 맡아서 해 주지요. 바느질을 해서 돈을 벌어서 그걸로 청어도 사고 달걀도 사고 내가 먹을 사탕도 사고 한다고요.

그리고 우리 집 정말 식구는 어머니와 나와 단둘뿐인데 아버지가 계시 던 사랑방이 비어 있으니까 그 방도 쓸 겸 또 어머니의 잔심부름도 좀 해 줄 겸 해서 우리 외삼촌이 사랑방에 와 있게 되었대요.

금년 봄에는 나를 유치원에 보내 준다고 해서 나는 너무나 좋아서 동무 아이들한테 실컷 자랑을 하고 나서 집으로 돌아오노라니까 사랑에서 큰외삼촌이 (우리 집 사랑에 와 있는 외삼촌의 형님 말이야요.) 웬 한 낯선 사람 하나와 앉아서 이야기를 하고 있었습니다. 큰외삼촌이 나를 보더니 '옥희야.' 하고 부르겠지요.

"옥희야, 이리 온. 와서 이 아저씨께 인사 드려라."

나는 어째 부끄러워서 비슬비슬하니까 그 낯선 손님이,

"아, 그 애기 참 곱다. 자네 조카딸인가?"

하고 큰외삼촌더러 묻겠지요. 그러니까 큰외삼촌은,

"응, 내 누이의 딸…… 경선 군의 유복녀 외딸일세."

하고 대답합니다.

"옥희야, 이리 온, 응! 그 눈은 꼭 아버지를 닮았네그려."

하고 낯선 손님이 말합니다.

"자, 옥희야 커단 처녀가 왜 저 모양이야. 어서 와서 이 아저씨께 인사 해여. 너이 아버지의 옛날 친구신데 오늘부터 이 사랑에 계실 텐데 인사 여쭙고 친해 두어야지."

나는 이 낯선 손님이 사랑방에 계시게 된다는 말을 듣고 갑자기 즐거워 졌습니다. 그래서 그 아저씨 앞에 가서 사붓이 절을 하고는 그만 안마당 으로 뛰어들어왔지요. 그 낯선 아저씨와 큰외삼촌은 소리를 내서 크게 웃 더군요.

나는 안방으로 들어오는 나름으로 어머니를 붙들고,

"엄마, 사랑방에 큰삼춘이 아저씨를 하나 데리구 왔는데에, 그 아저씨 가아, 이제 사랑에 있는데."

하고 법석을 하니까,

"응, 그래."

하고 어머니는 벌써 안다는 듯이 대수롭잖게 대답을 하더군요. 그래서 나 는,

"언제부터 와 있나?"

하고 물으니까,

"오늘부텀."

"애구 좋아."

하고 내가 손뼉을 치니까 어머니는 내 손을 꼭 붙잡으면서,

"왜 이리 수선이야."

"그럼 작은외삼춘은 어데루 가나?"

"외삼춘도 사랑에 계시지."

"그럼 둘이 있나?"

"응."

"한방에 둘이 있나?"

"응."

"한방에 둘이 있어?"

"왜 장지문 닫구 외삼춘은 아랫방에 계시구 그 아저씨는 윗방에 계시구, 그러지."

　나는 그 아저씨가 어떠한 사람인지는 몰랐으나 첫날부터 내게는 퍽 고맙게 굴고 나도 그 아저씨가 꼭 마음에 들었어요. 어른들이 저희끼리 말하는 것을 들으니까 그 아저씨는 돌아가신 우리 아버지와 어렸을 적 친구라고요. 어디 먼 데 가서 공부를 하다가 요새 돌아왔는데 우리 동리 학교 교사로 오게 되었대요. 또 우리 큰외삼춘과도 동무인데 이 동리에는 하숙도 별로 깨끗한 곳이 없고 해서 윗사랑으로 와 계시게 되었다고요. 또 우리도 그 아저씨한테서 밥값을 받으면 살림에 보탬도 좀 되고 한다고요.

　그 아저씨는 그림책들을 얼마든지 가지고 있어요. 내가 사랑방으로 나가면 그 아저씨는 나를 무릎에 앉히고 그림책들을 보여 줍니다. 또 가끔 과자도 주고요.

　어느 날은 점심을 먹고 이내 살그머니 사랑에 나가 보니까 아저씨는 그때에야 점심을 잡수셔요. 그래 가만히 앉아서 점심 잡숫는 걸 구경하고 있노라니까 아저씨가,

"옥희는 어떤 반찬을 제일 좋아하누?"

하고 묻겠지요. 그래 삶은 달걀을 좋아한다고 했더니 마침 상에 놓인 삶은 달걀을 한 알 집어 주면서 나더러 먹으라고 합니다. 나는 그 달걀을 벗겨 먹으면서,

"아저씨는 무슨 반찬이 제일 맛나우?"

하고 물으니까 그는 한참이나 빙그레 웃고 있더니,

"나두 삶은 달걀."

하겠지요. 나는 좋아서 손뼉을 짤각짤각 치고,

"아, 나와 같네, 그럼. 가서 어머니한테 알려야지."

하면서 일어서니까 아저씨가 꼭 붙들면서,

"그러지 말어."

그러시겠지요. 그래도 나는 한번 맘을 먹은 다음엔 꼭 그대로 하고야 마는 성미지요. 그래 안마당으로 뛰쳐 들어가면서,

"엄마, 엄마, 사랑 아저씨두 나처럼 삶은 달걀을 제일 좋아한대."

하고 소리를 질렀지요.

"떠들지 말어."

하고 어머니는 눈을 흘기십니다.

그러나 사랑 아저씨가 달걀을 좋아하는 것이 내게는 썩 좋게 되었어요. 그것은 그 다음부터는 어머니가 달걀을 많이씩 사게 되었으니까요. 달걀 장수 노파가 오면 한꺼번에 열 알도 사고 스무 알도 사고 그래선 두고 두고 삶아서 아저씨 상에도 놓고 또 으레 나도 한 알씩 주고 그래요. 그뿐만 아니라 아저씨한테 놀러 나가면 가끔 아저씨가 책상 서랍 속에서 달걀을 한두 알 꺼내서 먹으라고 주지요. 그래 그 담부터는 나는 아주 실컷 달걀을 많이 먹었어요.

나는 아저씨가 매우 좋았어요. 마는 외삼촌은 가끔 툴툴하는 때가 있었어요. 아마 아저씨가 마음에 안 드나 봐요. 아니, 그것보다도 아저씨 잔심부름을 꼭 외삼촌이 하게 되니까 그것이 싫어서 그러나 봐요. 한번은 어머니와 외삼촌이 말다툼하는 것까지 내가 들었어요. 어머니가,

"야, 또 어데 나가지 말구 사랑에 있다가 선생님 들어오시거든 상 내
가야지."
하고 말씀하시니까 외삼촌은 얼굴을 찡그리면서,

"제길, 남 어디 좀 볼일이 있는 날은 으레 끼니때에 안 들어오고 늦어
지니……."
하고 툴툴하겠지요. 그러니까 어머니는,

"그러니 어짜갔니? 너밖에 사랑 출입할 사람이 어디 있니?"

"누님이 좀 상 들고 나가구려. 요샛 세상에 내외합니까!"

어머니는 갑자기 얼굴이 발개지시고 아무 대답도 없이 그냥 외삼촌에게
향하여 눈을 흘기셨습니다. 그러니까 외삼촌은 흥흥 웃으면서 사랑으로
나갔지요.

나는 유치원에 가서 창가도 배우고 댄스도 배우고 하였습니다. 유치원
여자 선생님이 풍금을 아주 썩 잘 타요. 그런데 우리 유치원에 있는 풍금
은 우리 예배당에 있는 풍금과는 아주 다른데 퍽 조그마한 것이지마는 소
리는 썩 좋아요. 그런데 우리 집 윗간에도 유치원 풍금과 꼭같이 생긴 것
이 놓여 있는 것이 갑자기 생각이 났어요. 그래 그날 나는 집으로 돌아오
는 길로 어머니를 끌고 윗간으로 가서,

"엄마, 이거 풍금 아니유?"
하고 물으니까 어머니는 빙그레 웃으시면서,

"그렇단다. 그건 어찌 알았니?"

"우리 유치원에 있는 풍금이 이것과 꼭같은데 무얼. 그럼 엄마두 풍금
탈 줄 아우?"
하고 나는 다시 물었습니다. 그것은 내가 이때껏 한 번도 어머니가 이 풍
금 앞에 앉은 것을 본 일이 없기 때문입니다.

어머니는 아무 대답도 아니하십니다.

"엄마, 이 풍금 좀 타 봐!"

하고 재촉하니까 어머니 얼굴은 약간 흐려지면서,

"그 풍금은 너이 아버지가 날 사다 주신 거란다. 너이 아버지 돌아가신 후에는 그 풍금은 이때까지 뚜껑두 한번 안 열어 보았다……."

이렇게 말씀하시는 어머니 얼굴을 보니까 금방 또 울음보가 터질 것만 같이 보여서 나는 그만,

"엄마, 나 사탕 주어."

하면서 아랫방으로 끌고 내려왔습니다.

아저씨가 사랑방에 와 계신 지 벌써 여러 밤을 잔 뒤입니다. 아마 한 달이나 되었어요. 나는 거의 매일 아저씨 방에 놀러 갔습니다. 어머니는 나더러 그렇게 가서 귀찮게 굴면 못쓴다고 가끔 꾸지람을 하시지만 정말인즉 나는 아저씨를 조금도 귀찮게 굴지는 않았습니다. 도리어 아저씨가 나를 귀찮게 굴었지요.

"옥희 눈은 아버지를 닮았다. 그 고운 코는 아마 어머니를 닮았지, 고 입하고! 응, 그러냐, 안 그러냐? 어머니도 옥희처럼 곱지, 응?"

이렇게 여러 가지로 물을 적도 있었습니다. 그래서 나는,

"아저씨, 입때 우리 엄마 못 봤수?"

하고 물었더니 아저씨는 잠잠합니다. 그래 나는,

"우리 엄마 보러 들어갈까?"

하면서 아저씨 소매를 잡아당겼더니, 아저씨는 펄쩍 뛰면서,

"아니, 아니 안 돼. 난 지금 분주해서."

하면서 나를 잡아 끌었습니다. 그러나 정말로는 무슨 그리 분주하지도 않은 모양이었어요. 그러기 나더러 가란 말도 않고 그냥 나를 붙들고 앉아서 머리도 쓰다듬어 주고 뺨에 입도 맞추고 하면서,

"요 저고리 누가 해 주지?…… 밤에 엄마하구 한자리에서 자니?"

하는 둥 쓸데없는 말을 자꾸만 물었지요!

그러나 웬일인지 나를 그렇게도 귀애해 주던 아저씨도 아랫방에 외삼촌

이 들어오면 갑자기 태도가 달라지지요. 이것저것 묻지도 않고 나를 꼭 껴안지도 않고 점잖게 앉아서 그림책이나 보여 주고 그러지요. 아마 아저씨가 우리 외삼촌을 무서워하나 봐요.

하여튼 어머니는 나더러 너무 아저씨를 귀찮게 한다고 어떤 때는 저녁 먹고 나서 나를 방 안에 가두어 두고 못 나가게 하는 때도 더러 있었습니다. 그러나 조금 있다가 어머니가 바느질에 정신이 팔리어서 골몰하고 있을 때 몰래 가만히 일어나서 나오지요. 그런 때에는 어머니는 내가 문 여는 소리를 듣고서야 퍼뜩 정신을 차려서 쫓아와 나를 붙들지요. 그러나 그런 때는 어머니는 곰은 아니 내시고,

"이리 온, 이리 와서 머리 빗고……."

하고 끌어다가 머리를 다시 곱게 땋아 주시지요.

"머리를 곱게 땋고 가야지. 그렇게 되는 대루 하구 가문 아저씨가 숭 보시지 않니?"

하시면서, 또 어떤 때에는 머리를 다 땋아 주시고는,

"응, 저고리가 이게 무어냐?"

하시면서 새 저고리를 내어주시는 때도 있습니다.

어떤 토요일 오후였습니다. 아저씨는 나더러 뒷동산에 올라가자고 하셨습니다. 나는 너무나 좋아서 가자고 그러니까 아저씨가,

"들어가서 어머니께 허락맡고 온."

하십니다. 참 그렇습니다. 나는 뛰쳐들어가서 어머니께 허락을 맡았습니다. 어머니는 내 얼굴을 다시 세수시켜 주고 머리도 다시 땋고 그리고 나서는 나를 아스러지도록 한번 몹시 껴안았다가 놓아 주었습니다.

"너무 오래 있지 말고, 응."

하고 어머니는 크게 소리치셨습니다. 아마 사랑 아저씨도 그 소리를 들었을 거야.

뒷동산에 올라가서는 정거장을 한참 내려다보았으나 기차는 안 지나갔

습니다. 나는 풀잎을 쏙쏙 뽑아 보기도 하고 땅에 누운 아저씨의 다리를 꼬집어 보기도 하면서 놀았습니다. 한참 후에 아저씨가 손목을 잡고 내려오는데 유치원 동무들을 만났습니다.

"옥희가 아빠하구 어디 갔다 온다 응."

하고 한 동무가 말하였습니다. 그 아이는 우리 아버지가 돌아가신 줄을 모르는 아이였습니다. 나는 얼굴이 빨개졌습니다. 그때 나는 얼마나 이 아저씨가 정말 우리 아버지였더라면 하고 생각했는지 모릅니다. 나는 정말로 한 번만이라도,

'아빠!' 하고 불러 보고 싶었습니다. 그러고 그날 그렇게 아저씨하고 손목을 잡고 골목 골목을 지나오는 것이 어찌도 재미가 좋았는지요.

나는 대문까지 와서,

"난 아저씨가 우리 아빠래문 좋겠다."

하고 불쑥 말해 버렸습니다. 그랬더니 아저씨는 얼굴이 홍당무처럼 빨개져서 나를 몹시 흔들면서,

"그런 소리 하문 못써."

하고 말하는데, 그 목소리가 몹시도 떨렸습니다. 나는 아저씨가 몹시 성이 난 것처럼 보여서 아무 말도 못하고 안으로 뛰어들어갔습니다. 어머니가,

"어데까지 갔던?"

하고 나와 안으며 묻는데, 나는 대답도 못하고 그만 훌쩍훌쩍 울었습니다. 어머니는 놀라서,

"옥희야, 왜 그러니? 응?"

하고 자꾸만 물었으나 나는 아무 대답도 못하고 울기만 했습니다.

이튿날은 일요일인고로 나는 어머니와 함께 예배당에를 가려고 차리고 나서 어머니가 옷을 갈아입는 동안 잠깐 사랑에를 나가 보았습니다. '아저씨가 아직도 성이 났나?' 하고 가만히 방 안을 들여다보았더니 책상에 앉아서 무엇을 쓰고 있던 아저씨가 내다보면서 빙그레 웃었습니다. 그 웃

음을 보고 나는 마음을 놓았습니다. 아저씨가 지금은 성이 풀린 것이 확실하니까요. 아저씨는 나를 이리 보고 저리 보고 훑어보더니,

"옥희, 오늘 어디 가노? 저렇게 곱게 채리구."

하고 물었습니다.

"엄마하구 예배당에 가."

"예배당에?"

하고 나서 아저씨는 잠시 나를 멍하니 바라다보더니,

"어느 예배당에?"

하고 물었습니다.

"요 앞에 예배당에 가지 뭐."

"응? 요 앞이라니?"

이때 안에서,

"옥희야."

하고 부드럽게 부르는 어머니 목소리가 들리었습니다. 나는 얼른 방으로 뛰어들어오면서 돌아다보니까 아저씨는 또 얼굴이 빨갛게 성이 났겠지요. 내 원, 참으로 무슨 일로 요새는 아저씨가 그렇게 성을 잘 내는지 알 수 없었습니다.

예배당에 가서 찬미하고 기도하다가 기도하는 중간 갑자기 나는, '혹시 아저씨두 예배당에 오지 않았나?' 하는 생각이 나서 눈을 뜨고 고개를 들어 남자석을 바라다보았습니다. 그랬더니 하, 바로 거기에 아저씨가 와 앉아 있겠지요. 그런데 아저씨는 어른이면서도 눈 감고 기도하지 않고 우리 아이들처럼 눈을 번히 뜨고 여기저기 두리번두리번 바라봅니다. 나는 얼른 아저씨를 알아보았는데 아저씨는 나를 못 알아보았는지 내가 방그레 웃어 보여도 웃지도 않고 멀거니 보고만 있겠지요. 그래 나는 손을 흔들었지요. 그러니까 아저씨는 얼른 고개를 숙이고 말더군요. 그때에 어머니가 내가 팔 흔드는 것을 깨닫고 두 손으로 나를 붙들고 끌어당기더군요. 나는 어머니 귀에다 입을 대고,

"저기 아저씨두 왔어."

하고 속삭이니까 어머니는 흠칫하면서 내 입을 손으로 막고 막 끌어잡아
다가 앞에 앉히고 고개를 누르더군요. 보니까 어머니도 얼굴이 홍당무처
럼 빨개졌더군요.

　그날 예배는 아주 젬병이었어요. 웬일인지 예배 다 끝날 때까지 어머니
는 성이 나서 강대만 향하여 앞으로 바라보고 앉았고 이전 모양으로 가끔
나를 내려다보고 웃는 일이 없었어요. 그리고 아저씨를 보려고 남자석을
바라다보아도 아저씨도 한번도 바라다보아 주지도 않고 성이 나서 앉아
있고, 어머니는 나를 보지도 않고 공연히 꽉꽉 잡아당기지요. 왜 모두들
그리 성이 났는지…… 나는 그만 으아 하고 한번 울고 싶었어요. 그러나
바로 멀지 않은 곳에 우리 유치원 선생님이 앉아 있는고로 울고 싶은 것
을 아주 억지로 참았답니다.

　내가 유치원에 입학한 후 처음 얼마 동안은 유치원에 갈 때나 올 때나
외삼촌이 바래다 주었습니다. 그러나 여러 밤을 자고 난 뒤에는 나 혼자
서도 넉넉히 다니게 되었어요. 그러나 언제나 내가 유치원에서 돌아오는
때이면 어머니가 옆대문(우리 집에는 대문이 사랑대문과 옆대문 둘이 있어서
어머니는 늘 이 옆대문으로만 출입하시는 것이었습니다.) 밖에 기다리고 섰다
가 내가 달음질쳐 가면, 안고 집 안으로 들어가곤 하는 것이었습니다.

　그런데 하루는 어쩐 일인지 어머니가 대문간에 보이지를 않겠지요.

　어떻게도 화가 나던지요. 물론 머리 속으로는, '아마 외할머니 댁에 가
셨나 부다.' 하고 생각했지마는 하여튼 내가 돌아왔는데 문간에서 기다리
지 않고 집을 떠났다는 것이 몹시 나쁘게 생각되더군요. 그래서 속으로,
'오늘 엄마를 좀 굶겨야겠다.' 하고 생각하고 있는데 옆대문 밖에서,

　"아이고, 얘가 원 벌써 왔나?"

하는 어머니 목소리가 들리더군요. 그 순간 나는 얼른 신을 벗어 들고 안
방으로 뛰어들어가서 벽장문을 열고 그 속에 들어가서 숨어 버렸습니다.

"옥희야, 옥희 너 여태 안 왔니?"

하는 어머니 목소리가 바로 뜰에서 나더니,

"여태 안 왔군."

하면서 밖으로 나가는 모양이었습니다. 나는 재미가 나서 혼자 흐흥흐흥 웃었습니다.

한참을 있더니 집에서는 온통 야단이 났습니다. 어머니 목소리도 들리고 외할머니 목소리도 들리고 외삼촌 목소리도 들리고······.

"글쎄, 하루 종일 집이라군 안 떠났다가 옥희 유치원 파하구 오문 멕일 과자가 없기에 어머님댁에 잠깐 갔다 왔는데 고 동안에 이런 변이 생긴걸······."

하는 것은 어머니 목소리.

"글쎄 유치원에서 벌써 이십 분 전에 떠났다는데 원 중간에서······."

하는 것은 외할머니 목소리.

"하여튼 내 나가서 돌아댕겨 볼 테다. 원 고것이 어델 갔담?"

하는 것은 외삼촌의 목소리.

이윽고 어머니의 울음소리가 가늘게 들렸습니다. 외할머니는 무어라고 중얼중얼 이야기하는 모양이었습니다. '이젠 그만하고 나갈까?' 하고도 생각했으나 '지난 주일날 예배당에서 성냈던 앙갚음을 해야지.' 하는 생각이 나서 나는 그냥 벽장 안에 누워 있었습니다. 벽장 안은 답답하고 더웠습니다. 그래서 이윽고 부지중에 나는 슬며시 잠이 들고 말았습니다.

얼마 동안이나 잤는지요? 이윽고 잠을 깨어 보니 아까 내가 벽장 안으로 들어왔던 것은 잊어버리고 참 이상스러운 데에 내가 누워 있거든요. 어두컴컴하고 좁고 덥고······ 나는 갑자기 무서운 생각이 나서 엉엉 울기 시작했지요. 그러자 갑자기 어디 가까운 데서 어머니의 외마디소리가 나더니 벽장문이 벌컥 열리고 어머니가 달려들어서 나를 안아 내렸습니다.

"요 망할 것아."

하면서 어머니는 내 엉덩이를 댓 번 때렸습니다. 나는 더욱더 소리를 내서 울었습니다. 그때 어머니는 나를 끌어안고 어머니도 따라 울었습니다.

"옥희야, 옥희야, 응, 이젠 괜찮다. 엄마 여기 있지 않니, 응, 울지 마라 옥희야, 엄마는 옥희 하나문 그뿐이다. 옥희 하나만 바라구 산다. 난 너 하나문 그뿐이야. 세상 다 일이 없다. 옥희만 있으문 바라고 산다. 옥희야 응, 울지 마라. 응, 울지 마라."

이렇게 어머니는 나더러 자꾸 울지 말라고 하면서도 어머니는 그치지 않고 그냥 자꾸자꾸 울었습니다. 외할머니는,

"원 고것이 도깨비가 들렸단 말인가, 벽장 속엔 왜 숨는담."

하고 앉아 있고 외삼촌은,

"에. 재수, 메유다."

하면서 밖으로 나갔습니다.

이튿날 유치원을 파하고 집으로 오게 된 때 나는 갑자기 어제 벽장 속에 숨었다가 어머니를 몹시 울게 했던 생각이 나서 집으로 돌아가기가 어쩐지 부끄러워졌습니다. '오늘은 어머니를 좀 기쁘게 해 드려야 텐데 …… 무엇을 갖다 드리면 기뻐할까?'하고 생각하였습니다. 그러자 문득 유치원 안에 선생님 책상 위에 놓여 있던 꽃병 생각이 났습니다. 그 꽃병에는 나는 이름도 모르나 곱고 빨간 꽃이 꽂히어 있었습니다. 그 꽃은 개나리도 아니고 진달래도 아니었습니다. 그런 꽃은 나도 잘 알고 또 그런 꽃은 벌써 피었다가 져 버린 후였습니다. 무슨 서양꽃이려니 하고 나는 생각하였습니다. 나는 우리 어머니가 꽃을 사랑하는 줄을 잘 압니다. 그래서 그 꽃을 갖다가 드리면 어머니가 몹시 기뻐하려니 하고 생각하였습니다.

그래서 나는 도로 유치원 방 안으로 들어갔습니다. 마침 방 안에는 아무도 없었습니다. 선생님도 잠깐 어디를 가셨는지 보이지 않았습니다. 그래 나는 그 꽃을 두어 개 얼른 빼들고 달음질쳐 나왔지요.

집에 오니 어머니는 문간에서 기다리고 있다가 나를 안고 들어왔습니

다.

"그 꽃은 어디서 났니? 퍽 곱구나."

하고 어머니가 말씀하셨습니다. 그러나 나는 갑자기 말문이 막혔습니다. '이걸 엄마 드릴라구 유치원서 가져 왔어.' 하고 말하기가 어째 몹시 부끄러운 생각이 들었습니다. 그래 잠깐 망설이다가,

"응, 이 꽃! 저, 사랑 아저씨가 엄마 갖다 주라고 줘."

하고 불쑥 말했습니다. 그런 거짓말이 어디서 그렇게 툭 튀어나왔는지 나도 모르지요.

꽃을 들고 냄새를 맡고 있던 어머니는 내 말이 끝나기가 무섭게 무엇에 몹시 놀란 사람처럼 화닥닥하였습니다. 그러고는 금시에 어머니 얼굴이 그 꽃보다 더 빨갛게 되었습니다. 그 꽃을 든 어머니 손가락이 파르르 떠는 것을 나는 보았습니다. 어머니는 무슨 무서운 것을 생각하는 듯이 방 안을 휘 한번 둘러보시더니,

"옥희야, 그런 걸 받아 오문 안 돼."

하고 말하는 목소리는 몹시 떨렸습니다. 나는 꽃을 그렇게도 좋아하는 어머니가 이 꽃을 받고 그처럼 성을 낼 줄은 참으로 뜻밖이었습니다. 어머니가 그렇게도 성을 내는 것을 보니까 그 꽃을 내가 가져왔다고 그러지 않고 아저씨가 주더라고 거짓말을 한 것이 참 잘 되었다고 나는 속으로 생각했습니다. 어머니가 성을 내는 까닭을 나는 모르지만 하여튼 성을 낼 바에는 내게 내는 것보다 아저씨에게 내는 것이 내게는 나았기 때문입니다. 한참 있더니 어머니는 나를 방 안으로 데리고 들어와서,

"옥희야, 너 이 꽃 이 얘기 아무 보구두 하지 말아라, 응."

하고 타일러 주었습니다. 나는,

"응."

하고 대답하면서 고개를 여러 번 까닥까닥했습니다.

어머니가 그 꽃을 곧 내버릴 줄로 나는 생각했습니다마는 내버리지 않고 꽃병에 꽂아서 풍금 위에 놓아 두었습니다. 아마 퍽 여러 밤 자도록

그 꽃은 거기 놓여 있어서 마지막에는 시들었습니다. 꽃이 다 시들자 어머니는 가위로 그 대는 잘라 내버리고 꽃만은 찬송가 갈피에 곱게 끼워 두었습니다.

내가 어머니께 꽃을 갖다 주던 날 밤에 나는 또 사랑에 놀러 나가서 아저씨 무릎에 앉아서 그림책을 보고 있었습니다. 갑자기 아저씨 몸이 흠칫하였습니다. 그러고는 귀를 기울입니다. 나도 귀를 기울였습니다.

풍금 소리!

그 풍금 소리는 분명 안방에서 흘러나오는 것이었습니다.

"엄마가 풍금 타나 부다."

하고 나는 벌떡 일어나서 안으로 뛰어들어갔습니다. 안방에는 불을 켜지 않았습니다. 그러나 그때는 음력으로 보름께나 되어서 달이 낮같이 밝은데 은빛 같은 흰 달빛이 방 안 절반 가득히 차 있었습니다. 나는 그 흰 옷을 입은 어머니가 풍금 앞에 앉아서 고요히 풍금을 타는 것을 보았습니다.

나는 나이 지금 여섯 살밖에 안 되었지마는 하여튼 어머니가 풍금을 타시는 것을 보는 것은 오늘이 처음이었습니다. 어머니는 우리 유치원 선생님보다도 풍금을 더 잘 타시는 것이었습니다. 나는 어머니 곁으로 갔습니다마는 어머니는 내가 곁에 온 것도 깨닫지 못하는지 그냥 까딱 아니하고 앉아서 풍금을 탔습니다. 조금 있더니 어머니는 풍금 곡조에 맞추어서 노래를 부르기 시작하였습니다. 어머니의 목소리가 그렇게도 아름다운 것도 나는 이때까지 모르고 있었습니다. 어머니는 참으로 우리 유치원 선생님보다도 목소리가 훨씬 더 곱고 또 노래도 훨씬 더 잘 부르시는 것이었습니다. 나는 가만히 서서 어머님 노래를 들었습니다. 그 노래는 마치도 은실을 타고 별나라에서 내려오는 노래처럼 아름다웠습니다. 그러나 얼마 오래지 않아 목소리는 약간 떨리기 시작하였습니다. 가늘게 떨리는 노랫소리, 그에 따라 풍금의 가는 소리도 바르르 떠는 듯했습니다. 노랫소리는 차차 가늘어지더니 마지막에는 사르르 없어져 버렸습니다. 풍금 소리도 사르르 없어졌습니다. 어머니는 고요히 일어나시더니 옆에 섰는 내 머리를 쓰다듬었습니다. 그 다음 순간 어머니는 나를 안고 마루로 나오셨습니다. 어머니는 아무 말씀도 없이 그냥 꼭꼭 껴안는 것이었습니다. 달빛을 함빡 받는 내 어머니 얼굴은 몹시도 새하얗다고 생각되었습니다. 우리 어머니는 참으로 천사 같다고 생각하였습니다. 우리 어머니의 새하얀 두 뺨 위로는 쉴 새 없이 두 줄기 눈물이 줄줄 흘러 내리고 있는 것을 난 보았습니다. 그것을 보니 나도 갑자기 울고 싶어졌습니다.

"어머니, 왜 울어?"

하고 나도 훌쩍거리면서 물었습니다.

"옥희야."

"응?"

한참 동안 어머니는 아무 말씀도 없었습니다. 그러나 한참 후에,

"옥희야, 너 하나문 그뿐이다."

"엄마."

어머니는 다시 대답이 없으셨습니다.

하루는 밤에 아저씨 방에서 놀다가 졸려서 안방으로 들어오려고 일어서니까 아저씨가 하얀 봉투를 서랍에서 꺼내어 내게 주었습니다.

"옥희, 이거 갖다가 엄마 드리고 지나간 달 밥값이라구, 응."

나는 그 봉투를 갖다가 어머니에게 드렸습니다. 어머니는 그 봉투를 받아들자 갑자기 얼굴이 파랗게 질렸습니다. 그 전날 달밤에 마루에 앉았을 때보다 더 새하얗다고 생각되었습니다. 어머니는 그 봉투를 들고 어쩔 줄을 모르는 듯이 초조한 빛이 나타났습니다. 나는,

"그거 지나간 달 밥값이래."

하고 말을 하니까 어머니는 갑자기 잠자다 깨나는 사람처럼 '응?' 하고 놀라더니 또 금시에 백지장같이 새하얗던 얼굴이 발갛게 물들었습니다. 봉투 속으로 들어갔던 어머니의 파들파들 떨리는 손가락이 지전을 몇 장

끌고 나왔습니다. 어머니는 입술에 약간 웃음을 띠면서 후 하고 한숨을
내쉬었습니다. 그러나 그것도 잠깐, 다시 어머니는 무엇에 놀랐는지 흠칫
하더니 금시에 얼굴이 다시 새하얘지고 입술이 바르르 떨렸습니다. 어머
니의 손을 바라다보니 거기에는 지전 몇 장 외에 네모로 접은 하얀 종이
가 한 장 접혀 있는 것이었습니다.

어머니는 한참을 망설이는 모양이었습니다. 그러더니 무슨 결심을 한
듯이 입술을 악물고 그 종이를 차근차근 펴들고 그 안에 쓰인 글을 읽었
습니다. 나는 그 안에 무슨 글이 씌어 있는지 알 도리가 없었으나 어머니
는 그 글을 읽으면서 금시에 얼굴이 파랬다 발갰다 하고 그 종이를 든 손
은 이제는 바들바들이 아니라 와들와들 떨려서 그 종이가 부석부석 소
리를 내게 되었습니다.

한참 후에 어머니는 그 종이를 아까 모양으로 네모지게 접어서 돈과 함
께 봉투에 도로 넣어 반짇고리에 던졌습니다. 그러고는 정신나간 사람처
럼 멀거니 앉아서 전등만 치어다보는데 어머니 가슴이 불룩불룩합니다.
나는 어머니가 혹시 병이나 나지 않았나 하고 염려가 되어서 얼른 가서
무릎에 안기면서,

"엄마, 잘까?"

하고 말했습니다.

엄마는 내 뺨에 입을 맞추어 주었습니다. 그런데 어머니의 입술이 어쩌
면 그리도 뜨거운지요. 마치 불에 달군 돌이 볼에 와닿는 것같았습니다.

한참을 자고 나서 잠이 채 깨지는 않았으나 어렴풋한 정신으로 옆을 쓸
어 보니 어머니가 없었습니다. 가끔 가다가 나는 그런 버릇이 있어요. 어
렴풋한 정신으로 옆을 쓸면 어머니의 보드라운 살이 만져지지요. 그러면
다시 나는 잠이 들어 버리곤 하는 것이었습니다. 어머니가 자리에 없다는
것을 알게 되자 나는 갑자기 무서워졌습니다. 그래서 잠은 다 달아나고
눈을 번쩍 뜨고 고개를 돌려 살펴보았습니다. 방 안에는 불은 안 켰지만
어슴푸레하게 밝습니다. 뜰로 하나 가득한 달빛이 방 안에서까지 희미한

밝음을 던져 주는 것이었습니다. 윗목을 보니 우리 아버지의 옷을 넣어 두고 가끔 어머니가 꺼내서 쓸어 보시는 그 장롱문이 열려 있고, 그 아래 방바닥에는 흰 옷이 한 무더기 널려 있습니다.

그리고 그 옆에는 장롱을 반쯤 기대고 자리옷만 입은 어머니가 주춤하고 앉아서 고개를 위로 쳐들고 눈은 감고 무엇이라고 입술로 소곤소곤 외우고 있는 것이 보였습니다. 아마 기도를 하나 보다 하고 나는 생각했습니다. 나는 자리에서 일어나 기어가서 어머니 무릎을 뻐개고 기어들어갔습니다.

"엄마, 무얼 해?"

어머니는 소곤거리기를 그치고 눈을 떠서 나를 한참이나 물끄러미 들여다보십니다.

"옥희야."

"응?"

"가서 자자."

"엄마두 같이 자."

"응, 그래 엄마두 같이 자."

그 목소리가 어째 싸늘하다고 내게 생각되었습니다.

어머니는 돌아가신 아버지의 옷들을 한 가지씩 들고는 가만히 손바닥으로 쓸어 보고는 장롱 안에 넣었습니다. 하나씩 하나씩 쓸어 보고는 장롱에 넣곤 하여 그 옷을 다 넣은 때 장롱문을 닫고 쇠를 채우고 그러고 나서 나를 안고 자리로 돌아왔습니다.

"엄마, 우리 기도하고 자?"

하고 나는 물었습니다. 어머니는 나를 밤마다 재워 줄 때마다 반드시 기도를 하는 것이었습니다. 내가 할 줄 아는 기도는 주기도문뿐이었습니다. 그 뜻은 하나도 모르지만 어머니를 따라서 자꾸자꾸 해 보아서 지금에는 나도 주기도문을 잘 외웁니다. 그런데 웬일인지 어젯밤 잘 때에는 어머니가 기도할 것을 잊어버리고 그냥 잤던 것이 지금 생각이 났기 때문에 나

는 그렇게 물었던 것입니다. 어젯밤 자리에 들 때, 내가,

"기도할까?"

하고 말하고 싶었으나 어머니가 너무도 슬픈 빛을 띠고 있는고로 그만 나도 가만히 아무 소리 없이 잠이 들고 말았던 것입니다.

"응, 기도하자."

하고 어머니가 고요히 대답했습니다.

"엄마가 기도해."

하고 나는 갑자기 어머니의 기도하는 보드라운 음성이 듣고 싶어져서 말했습니다.

"하늘에 계신 우리 아버지시여."

어머니는 고요히 기도를 시작하였습니다.

"이름을 거룩하게 하옵시며 나라이 임하옵시며 뜻이 하늘에서 이루어진 것처럼 땅에서도 이루어지이다. 오늘날 우리에게 일용할 양식을 주옵시고 우리가 우리에게 죄 지은 자를 용서하여 준 것처럼 우리 죄를 사하여 주옵시고, 우리를 시험에 들지 말게 하옵시고…… 우리를 시험에 들지 말게 하옵시고…… 시험에 들지 말게…… 시험에 들지 말게……."

이렇게 어머니는 자꾸 되풀이하였습니다. 나도 지금은 막히지 않고 줄줄 외우는 주기도문을 글쎄 어머니가 막히다니 참으로 우스운 일이었습니다.

"시험에 들지 말게…… 시험에 들지 말게……."

하고 자꾸만 되풀이하는 것을 나는 참다못해서,

"엄마 내 마저 할게."

하고,

"다만 악에서 구하옵소서. 대개 나라와 권세와 영광이 아버지께 영원히 있사옵나이다."

하고 내가 끝을 마쳤습니다. 어머니는 한참이나 가만 있다가 오랜 후에야 겨우,

"아멘."
하고 속삭이었습니다.

　요새 와서 어머니의 하는 일이란 참으로 알 수가 없는 노릇입니다. 어
떤 때는 어머니도 퍽 유쾌하셨습니다. 밤에 때로는 풍금도 타고 또 때로
는 찬송가도 부르고 그러실 때에는 나도 너무도 좋아서 가만히 어머니 옆
에 앉아서 듣습니다. 그러나 가끔가끔 그 독창은 소리 없는 울음으로 끝
을 맺는 때가 많은데 그런 때면 나도 따라서 울었습니다. 그러면 어머니
는 나를 안고 내 얼굴에 돌아가면서 무수히 입을 맞추어 주면서,
　"엄마는 옥희 하나문 그뿐이야, 응, 그렇지⋯⋯."
하시며 언제까지나 언제까지나 우시는 것이었습니다.
　어떤 일요일날, 그렇지요, 그것은 유치원 방학하고 난 그 이튿날이었어
요. 그날 어머니는 갑자기 머리가 아프시다고 예배당에를 그만두었습니
다. 사랑에서는 아저씨도 어디 나가고 외삼촌도 나가고 집에는 어머니와
나와 단둘이 있었는데 머리가 아프다고 누워계시던 어머니가 갑자기 나를
부르시더니,
　"옥희야, 너 아빠가 보고 싶니?"
하고 물으십니다.
　"응, 우리두 아빠 하나 있으문."
　나는 혀를 까불고 어리광을 좀 부려 가면서 대답을 했습니다. 한참 동
안을 어머니는 아무 말씀도 아니하시고 천장만 바라보시더니,
　"옥희야, 옥희 아버지는 옥희가 세상에 나오기도 전에 돌아가셨단다.
옥희두 아빠가 없는 건 아니지. 그저 일찍 돌아가셨지. 옥희가 이제 아버
지를 새로 또 가지면 세상이 욕을 한단다. 옥희는 아직 철이 없어서 모르
지만 세상이 욕을 한단다. 사람들이 욕을 해. 옥희 어머니는 화냥년이다,
이러구 세상이 욕을 해. 옥희 아버지는 죽었는데 옥희는 아버지가 또 하
나 생겼대, 참 망측두 하지, 이러구 세상이 욕을 한다. 그리 되문 옥희

는 언제나 손가락질 받구. 옥희는 커두 시집두 훌륭한 데 못 가구. 옥희
가 공부를 해서 훌륭하게 돼두, 에 그까짓 화냥년의 딸이라구 남들이 욕
을 한단다."

이렇게 어머니는 혼잣말하시듯 드문드문 말씀하셨습니다. 그러고는 한
참 있더니,

"옥희야."

하고 또 부르십니다.

"응?"

"옥희는 언제나 내 곁을 안 떠나지. 옥희는 언제나 언제나 엄마하구
같이 살지. 옥희는 엄마가 늙어서 꼬부랑할미가 되어두 그래두 옥희는 엄
마하구 같이 살지. 옥희가 유치원 졸업하구, 또 소학교 졸업하구, 또 중
학교 졸업하구, 또 대학교 졸업하구, 옥희가 조선서 제일 훌륭한 사람이
돼두 그래두 옥희는 엄마하구 같이 살지. 응! 옥희는 엄마를 얼만큼 사
랑하나?"

"이만큼."

하고 나는 두 팔을 짝 벌리어 보였습니다.

"응? 얼만큼? 응! 그만큼! 언제나 언제나, 옥희는 엄마만 사랑하지.
그리구 공부두 잘 하구, 그리구 훌륭한 사람이 되구……."

나는 어머니의 목소리가 떨리는 것으로 보아 어머니가 또 울까 봐 겁이
나서,

"엄마, 이만큼, 이만큼."

하면서 두 팔을 짝짝 벌리었습니다.

어머니는 울지 않으셨습니다.

"응, 그래, 옥희, 엄마는 옥희 하나문 그뿐이야. 세상 다른 건 다 소용
없어. 우리 옥희 하나문 그만이야. 그렇지, 옥희야."

"응!"

어머니는 나를 당기어서 꼭 껴안고 가슴이 막혀 들어올 때까지 자꾸만

껴안아 주었습니다.

그날 밤 저녁밥 먹고 나니까 어머니는 나를 불러앉히고 머리를 새로 빗겨 주었습니다. 댕기도 새 댕기를 드려 주고, 바지, 저고리, 치마, 모두 새것을 꺼내 입혀 주었습니다.

"엄마, 어디 가?"

하고 물으니까,

"아니."

하고 웃음을 띠면서 대답합니다. 그러더니 새로 다린 하얀 손수건을 내리어 내 손에 쥐어 주면서,

"이 손수건, 저 사랑 아저씨 손수건인데, 이것 아저씨 갖다 드리구 와 응. 오래 있지 말구 손수건만 갖다 드리구 이내 와 응."

하고 말씀하셨습니다.

손수건을 들고 사랑으로 나가면서 나는 접어진 손수건 속에 무슨 발각발각하는 종이가 들어 있는 것처럼 생각되었습니다마는 그것을 펴 보지 않고 그냥 갖다가 아저씨에게 주었습니다.

아저씨는 방에 누워 있다가 벌떡 일어나서 손수건을 받는데 웬일인지 아저씨는 이전처럼 나보고 빙그레 웃지도 않고 얼굴이 몹시 파래졌습니다. 그리고는 입술을 질근질근 깨물면서 말 한마디 아니하고 그 수건을 받더군요.

나는 어째 이상한 기분이 들어서 아저씨 방에 들어가 앉지도 못하고 그냥 되돌아서 안방으로 도로 왔지요. 어머니는 풍금 앞에 앉아서 무엇을 그리 생각하는지 가만히 있더군요. 나는 풍금 옆으로 가서 가만히 그 옆에 앉아 있었습니다. 이윽고 어머니는 조용조용히 풍금을 타십니다. 무슨 곡조인지를 몰라도 어째 구슬프고 고즈넉한 곡조야요.

밤이 늦도록 어머니는 풍금을 타셨습니다. 그 구슬프고 고즈넉한 곡조를 계속하고 또 계속하면서.

여러 밤을 자고 난 어떤 날 오후에 나는 오래간만에 아저씨 방엘 나가 보았더니 아저씨가 짐을 싸느라구 분주하겠지요. 내가 아저씨에게 손수건을 갖다 드린 다음부터는 웬일인지 아저씨가 나를 보아도 언제나 퍽 슬픈 사람, 무슨 근심이 있는 사람처럼 아무 말도 없이 나를 물끄러미 바라다만 보고 있는고로 나도 그리 자주 놀러 나오지 않았던 것입니다. 그랬었는데 이렇게 갑자기 짐을 꾸리는 것을 보고 나는 놀랐습니다.

"아저씨 어데 가우?"

"응, 멀리루 간다."

"언제?"

"오늘."

"기차 타구?"

"응, 기차 타구."

"갔다가 언제 또 오우?"

아저씨는 아무 대답도 없이 서랍에서 이쁜 인형을 하나 꺼내서 내게 주었습니다.

"옥희, 이것 가져, 응. 옥희는 아저씨 가구 나문 아저씨 이내 잊어버리구 말겠지!"

"아니."

하고 얼른 대답하고 인형을 안고 안으로 들어왔습니다.

"엄마 이것 봐. 아저씨가 이것 나 줬다우. 아저씨가 오늘 기차 타구 먼데루 간대."

하고 내가 말했으나 어머니는 대답이 없으십니다.

"엄마, 아저씨 왜 가우?"

"학교 방학했으니깐 가지."

"어디루 가우?"

"아저씨 집으로 가지 어디루 가."

"갔다가 또 오우?"

어머니는 대답이 없으십니다.

"난 아저씨 가는 거 나쁘다."

하고 입을 쭝긋했으나 어머니는 그 말에 대답 않고,

"옥희야, 벽장에 가서 달걀 몇 알 남았나 보아라."

하고 말씀하셨습니다.

나는 깡충깡충 방 안으로 들어갔습니다. 달걀은 여섯 알이 있었습니다.

"여스 알."

하고 나는 소리쳤습니다.

"응, 다 가지고 이리 나오너라."

어머니는 그 달걀 여섯 알을 나 삶았습니다. 그 삶은 달걀 여섯 알을 손수건에 싸놓고 또 반지에 소금을 조금 싸서 한 귀퉁이에 넣었습니다.

"옥희야, 너 이것 갖다 아저씨 드리구, 가시다가 찻간에서 잡수시랜다구, 응."

그날 오후에 아저씨가 떠나간 다음 나는 방에서 아저씨가 준 인형을 업고 자장자장 잠을 재우고 있었습니다. 어머니가 부엌에서 들어오시더니,

"옥희야, 우리 뒷동산에 바람이나 쐬러 올라갈까?"

하십니다.

"응, 가, 가."

하면서 나는 좋아 덤비었습니다.

잠깐 다녀올 터이니 집을 보고 있으라고 외삼촌에게 이르고 어머니는 내 손목을 잡고 나섰습니다.

"엄마 나 저, 아저씨가 준 인형 가지고 가?"

"그러럼."

나는 인형을 안고 어머니 손목을 잡고 뒷동산으로 올라갔습니다. 뒷동산에 올라가면 정거장이 빤히 내려다보입니다.

"엄마, 저 정거장 봐. 기차는 없군."

어머니는 아무 말씀도 없이 가만히 서 계십니다. 사르르 바람이 와서 어머니 모시 치맛자락을 산들산들 흔들어 주었습니다. 그렇게 산 위에 가만히 서 있는 어머니는 다른 때보다도 더한층 이쁘게 보였습니다.

저편 산모퉁이에서 기차가 나타났습니다.

"아, 저기 기차 온다."

하고 나는 좋아서 소리쳤습니다.

기차는 정거장에서 잠시 머물더니 금시에 삑 하고 소리를 지르면서 움직였습니다.

"기차 떠난다."

하면서 나는 손뼉을 쳤습니다. 기차가 저편 산모퉁이 뒤로 사라질 때까지, 그리고 그 굴뚝에서 나는 연기가 하늘 위로 모두 흩어져 없어질 때까지, 어머니는 가만히 서서 그것을 바라다보았습니다.

뒷동산에서 내려오자 어머니는 방으로 들어가시더니 이때까지 뚜껑을 늘 열어 두었던 풍금 뚜껑을 닫으십니다. 그러고는 거기 쇠를 채우고 그 위에다가 이전 모양으로 반짇고리를 얹어 놓으십니다. 그러고는 그 옆에 있는 찬송가를 맥없이 들고 뒤적뒤적하시더니 빼빼 마른 꽃송이를 그 갈피에서 집어 내시더니,

"옥희야, 이것 내다 버려라."

하고 그 마른 꽃을 내게 주었습니다. 그 꽃은 내가 유치원에서 갖다가 어머니께 드렸던 그 꽃입니다. 그러자 옆대문이 삐걱하더니,

"달걀 사소."

하고 매일 오는 달걀장수 노파가 달걀 광주리를 이고 들어왔습니다.

"이젠 우리 달걀 안 사요. 달걀 먹는 이가 없어요."

하시는 어머니 목소리는 맥이 한푼 어치도 없었습니다.

나는 어머니의 이 말씀에 놀라서 떼를 좀 써 보려 했으나 석양에 빤히 비치는 어머니 얼굴을 볼 때 그 용기가 없어지고 말았습니다. 그래서 아저씨가 주신 인형 귀에다가 내 입을 갖다 대고 가만히 속삭이었습니다.

"얘, 우리 엄마가 거짓부리 썩 잘 하누나. 내가 달걀 좋아하는 줄 잘 알문서 생 먹을 사람이 없대누나. 떼를 좀 쓰구 싶다만 저 우리 엄마 얼굴을 좀 봐라. 어쩌문 저리두 새파래졌을까? 아마 어데가 아픈가 보다."
라고요.

인력거꾼

1

밤 새로 두시에야 자리에 누웠던 아찡이 아직 날이 채 밝기도 전에 졸음 오는 눈을 비비면서 일어났다. 잠자리라는 것이 되는 대로 얼거리 해놓은 오막살이 속에 누더기와 짚을 섞어서 깔아 놓은 돼지우리와도 같은 자리였다.

그 속에서는 그야말로 돼지처럼 뚱뚱한 동거자가 아직도 흥흥거리며 자고 있는 것을 억지로 깨워 일으켜 가지고 아찡이는 코를 힝하니 풀어서 문턱에 때려 뉘면서 찌그러진 문을 열고 밖으로 나왔다.

잠자던 거리가 깨기 시작하는 때이었다. 상해 시가의 이백만 백성이 하룻밤 동안 싸놓은 배설물을 실어 내가는 꺼먼 구루마들이 요란한 소리를 내며, 잔돌 깔아 우두럭투두럭한 길 위로 이리 달리고 저리 달리고 하는 것이 아찡이 눈앞에 나타났다. 동편으로 해가 떠오르려고 하는 때이다. 일찍 일어난 동리집 부인들이 벌써 나무통으로 된 대변통들을 부시느라고 길가에 쭉 나서서 어성버성한 참대 쑤시개로 일정한 리듬을 가진 소리를 내면서 분주스럽게 수선거렸다. 아찡이와 뚱뚱보는 한꺼번에 하품과 기지개를 길게 하고 바로 그 맞은편에 있는 떡집으로 갔다. 거리로 향한 왼편 구석에 널빤지 얼거리가 있고, 그 얼거리 위에 원시적 기분이 농후한 꺼먼 질그릇 속에 삐죽삐죽하게 콩기름에 지져 낸 유지꽤(조반죽 반찬 하는 떡)가 담뿍 꽂히어 있고, 그 옆에는 방금 구워 놓은 먹음직스런 쪼빙(떡)들이 불규칙하게 담겨 있는 위로는 벌써 잠코 밝은 파리 친구들이 날아와서 윙윙거리면서 이 떡 저 떡으로 돌아다니면서 먹고 싶은 대로 실컷 그 고소하고 짭짤한 맛을 빨아들이고 있었다. 이 선반 바로 뒤에는 사람의 중키나 될이만큼 높이 쌓인 가마가 놓여 있고 그 가마 밑 네모진 아궁이에다 지금 떡 굽는 사람이 풀무를 갖다 대고 풀덕풀덕해서 불을 피우고 있고 가마 위 나무뚜껑 아래에서는 길죽길죽하게 비껴서 한편에 깨알 몇 알씩을 뿌린 쪼빙들이 우구구 하면서 뜨거운 진흙 위에서 모래찜들을 하고 있었다. 그것들이 모래찜을 실컷 해서 엉덩이가 꺼무죽죽하게 되면, 그 손톱이 세 치씩이나 자란 떡장수의 손이 들어와서 한 놈씩 한 놈씩 잡아다가 앞에 놓인 선반 위 파리 무리의 잔치터 위에 던져 주는 것이었다. 바로 이 떡 가마 왼편에 기다란 부뚜막을 가진 가마가 걸려 있고 그 위에서 지금 유자꽤들이 오그그 하면서 콩기름 속에서 부어오르고 있었다. 그리고 역시 행길 쪽으로 향한 이편 한모퉁이에는 네모반듯한 부뚜막 위에 보름달 만큼씩이나 둥글은 서양철 뚜껑을 덮은 깊다란 물솥들이 네다섯 개 줄리리 걸려 있고 부뚜막 바로 한복판에는 직경이 두 치나밖에 안될 쇠통이 뚫려 있어서 가마지기가 이따금씩 그 조그맣고 뚱그런 뚜껑을 열고는 바로 그 부뚜막 안쪽에 쌓아 둔 물에 젖은 석탄 가루를 한 부삽씩 쭈르르 쏟군 하는 것이었다. 그리하면 그 구멍 속으로부터는 까만 연기와 붉은 불길이 힐끗힐끗 밖으로 내치미는 것을 서양철 뚜껑으로 덮어 막아 버리고는 놋으로 만든 물푸개를 바른손에 들고 왼손으론 이편 솥뚜껑을 열고는 부글부글 끓는 맹물을 퍼서는 저편 솥 속으로 쭈루루 붓고는 또다시 왼편 솥 속 물을 퍼다가 바른편 솥 속에 넣고 이렇게 쭈룩쭈룩 소리를 내면서 분주스리 퍼 옮기고, 쏟아 옮기고 하다가는, 엽전 두어 푼이나, 나뭇조각 물표 서너 개씩을 가지고 와서 빙 둘러 섰는 아가씨들과 할머니들의 서양철 물통(오리주둥이 같은 것이 달린 것), 혹은 세숫대야, 혹은 쇠주전자, 혹은 사기주전자 등에 엽전 두 푼에 물푸개 하나씩, 그 절절 끓는 물을 담아 주는 것이다.

아찡이와 쭈로우(돼지)라는 별명을 가진 동거자 뚱보는 어두컴컴한 부엌 속으로 들어가서 둥그런 탁자를 가운데 놓고 뒷받침 없는 걸상에 삥 둘러앉은 때묻은 옷 입은 친구들 틈에 끼어 앉아서 떡 두 개씩과 꺼룩한 미음을 한 사발씩 먹고는 쩔렁쩔렁하는 전대 속에서 동전을 여섯 푼씩 꺼내서 탁자 위에 메치고 코를 힝힝 아무 데나 풀어 붙이면서 거리로 나왔다.

둘이서는 잠잠히 걸었다. 조약돌을 깔아서 볼통볼통한 좁은 골목을 지나 나와서 전차길을 끼고 한참 올라가다가 다시 조그만 골목으로 조금 들어가서 인력거 세놓는 집 앞에 다다랐다. 벌써 수다한 인력거꾼들이 와서 널찍한 창고 속에 줄줄이 세워 둔 인력거를 한 채씩 끌고 나아갔다. 아찡도 거의 해져서 나들나들한 종이로 둘둘 싸 둔 대양(大洋) 오십 전을 인력거세 하루 선금으로 지불하고 어둑신한 창고로 들어가서 제 차례에 오는 인력거 한 채를 들들 끌고 거리로 나아왔다. 그는 잠깐 우두머니 서서 분주스럽게도 왔다갔다하는 군중을 바라다보다가 인력거 뒤채를 부득부득 밀면서 나아오는 뚱뚱보에게 이렇게 말했다.

"오늘 어째 신수가 궁해. 어젯밤 꿈이 숭하더라니!"

뚱뚱보는 이 말 대답할 사이도 없이 벌써 맞은편 거리에서 오라고 손짓하는 서양 여자를 보고 설마 남에게 빼앗길세라 줄달음질쳐 가서 인력거 앞채를 내려놓고 그 여자를 태웠다.

아찡이는 절반이나 잊어버려서 무엇이었는지 잘 생각도 안 나는 꿈을 되풀이해 생각해 보려고 애를 쓰면서 정거장 쪽으로 향해 갔다.

마침 남경서 떠난 막차가 새벽에 북정거장에 닿았다. 제섭원(齊燮元)

이가 노영상(盧永祥)이를 들이친다는 풍설이 한창 돌 때인데 이번 차가 아마 마지막 차일는지도 모른다는 염려로 소주(蘇州)서, 곤산(昆山)서 쓸어 밀리는 피란민들이 넓은 정거장이 찌어져라 하고 밀려나왔다. 정거장 정문이 있는 곳에는 벌써 그 동안 각처에서 몰려든 피란민들의 잃어버린 짐짝으로 가득 채워 있어서 교통 단절이 되어 버렸고, 좌우 옆문으로 쏠려 나오는 군중이 문간에 수직하고 있는 군인들의 몸수색을 당하면서 이리 밀치우고 저리 밀치우고 흐늑흐늑하였다.

아찡은 이 기회를 안 놓치려고 이리 기웃 저리 기웃하며 기회만 엿보고 서 있었다. 아니나다를까 저편 한구석으로 늙은 할머니 한 분, 젊은 색시 한 분, 또 돈푼이나 있어 보이는 젊은 사내 하나이 고리짝, 참대궤짝, 바구니 등 수십 개의 짐짝을 겨우 검사를 마친 후 시멘트 길바닥에 쌓아 놓고 어쩔 줄을 몰라 안달을 하고 있는 것이 보이었다. 아찡은 곧 그곳으로 뛰어가려다가,

"이놈아." 하고 외치는 순사의 고함소리에 눌려서 한편으로 물러서면서 아까운 듯이 그쪽만을 바라다보았다. 짐은 산더미처럼 쌓아 놓고 촌계관천식으로 두리번두리번하기만 하던 사내가 마침내 짐짝들을 여인네더러 보라고 맡기고 인력거를 부르려고 정거장 구외로 나왔다. 아찡은 인력거를 내던지고 번개처럼 이 사내에게로 달려들었다. 벌써 네다섯 다른 인력거꾼들도 달려와서 이 젊은이를 에워쌌다.

"어데로 가오? 어데요? 여관으로요?"

젊은 사람은 어째해야 좋을는지 모르겠다는 모양으로 한참이나 어릿하다가 겨우 상해 말은 아닌 어떤 다른 지방 사투리로 사마로(四馬路)까지 얼마에 가겠느냐고 물었다.

"사마로까지 육십 전만 내슈." 하고 한 인력거꾼이 즐거운 듯이 웃으면서 말했다.

젊은이는 딱하다는 듯이 잠시 망설이더니,

"이십 전에 가면 가구 그렇잖으면 그만둬."

하고 중얼거리었다. 인력거꾼 서넛이 펄쩍 뛰면서 한꺼번에 외쳤다.

"이십 전이라니, 어델, 우린 그렇게 에누리 없어요."

"그자 촌놈이다. 상해 말은 할 줄도 모르는 모양이다." 하고 인력거꾼 하나이 외쳤다. 그래서 그들은 이 시골뜨기를 잔뜩 곯려 먹고 그냥 육십 전을 내어야 한다고 떠들었다. 얼마 동안 승강이 계속되다가 값은 마침내 매인력거에 사십 전씩(보통때 값의 사 배)에 작정이 되었다. 아찡이도 새벽부터 이게 웬 떡이냐 하고 새벽부터의 운수를 웃고 떠들며 서로 축하하는 동무 인력거꾼들과 섞여서 정거장 구내로 들어가서 고리짝을 한 개 들어 내왔다. 아찡은 큰 고리짝 한 개와, 또 어제 먹다 남은 것인지 생선 대가리 같은 것을 주워 싼 조그만 보꾸러미 한 개를 인력거 위에 올리어놓고 앞장을 서서 줄곧 달음질해 나아갔다.

사마로에 즐비한 여관들은 여관마다 피란민으로 가득 차 있었다. 그래 그들은 이 여관 저 여관으로 한참이나 왔다갔다하다가 마지막에 겨우 어떤 좁고 더러운 여관으로 가서 그것도 남은 방이 없다고 해서 응접실에 그냥 있기로 하고, 겨우 짐을 풀어 놓았다. 인력거꾼들은 그 동안 미리 흥정한 장소까지 와 가지고도 여기저기를 한참이나 끌려 다녔다는 것을 핑계로 해 가지고 세상이 떠나갈 듯이 싸고 덤벼들어 떠들어 댄 결과로 마침내 각 인력거꾼 앞에 대양 일 원씩을 떼내었다. 아찡은 그의 손바닥에 놓인 번들번들 빛나는 은전 일 원짜리 한 푼을 눈이 부신 듯이 바라보면서, 저고리 앞자락으로 흐르는 땀을 훔치었다.

그가 인력거 채를 질질 끌면서 다시 큰 거리로 나아올 때 혼자서,

'이게 웬 호박인구? 꿈자리가 사나우문 생시엔 되려 신수가 좋은 법인가?' 하면서 속으로는 좀 있다 밤에 방장이네게로 가서 한잔 할 기쁨을 예상하면서 그 번들번들하는 큰 돈을 허리춤 전대에 잘 간수하였다.

참말로 그날은 특히 운이 좋았던지 큰 거리에 척 나서자 마침 가랑이 넓은 바지를 입고 팽갱이 같은 모자를 쓴 미군 하나를 만나서 태우고 팔레스 호텔까지 가서 해군들 보통 버릇으로 그냥 막 집어 주는 돈을 받아

서 헤어 보니 이십 전짜리 은전이 한 푼, 동전이 열두 푼이었다.

그는 너무나 좋아서 벙글벙글 웃으면서 전차 궤도를 건너 인력거 정류소로 들어가서 차를 내려놓고 그 살대 위에 편안히 걸터앉아서, 행상하는 어린애를 불러 동전을 여섯 푼 던져 주고 쪼빙을 두 개 사서 맛있게 먹었다.

해가 벌써 오정이나 되었으리라구 생각되는데 앞자리에 앉았던 인력거가 다 풀려 나가고 마침내 아찡이 차례에 이르렀다. 방금 팔레스 호텔 문지기인 인도 인이 망치를 휘두르면서 "인력거꾼" 하고 부르는 소리를 듣고 달려가려고 일어서다가 아찡은 그만 벌떡 나가빠졌다. 아찡이 바로 뒷자리에서 참새 눈깔 같은 눈을 도록도록하며 앉아 있던 뾰죽이가 번개같이 아찡 옆으로 뛰어나가서 손님을 태우려고 달려갔다.

아찡이는 저도 모르게 "에쿠쿠" 하고 신음하였다. 뒷자리에 차례로 앉았던 다른 인력거꾼들이 삥 둘러서면서 눈이 둥그래서 아찡이를 내려다보았다. 아찡이는 겨우 몸을 일으켜 인력거 채 위에 걸터앉으면서 "으륵" 하고 아까 먹었던 쪼빙 두 개를 그대로 토해 버렸다. 머리가 휭 하고 온몸이 노곤해 들어왔다. 오 분, 십 분, 십오 분! 그는 다시 제 기운을 차려 보려고 노력했으나 소용없는 일이었다.

의아스런 눈으로 바라다보고 있던 동료들 중에, 그 중 나이 많이 먹은 곰보 영감이 마침내 가까이 와서 아찡이의 싸늘하게 식은 손을 주물러 주면서 말했다.

"여보게, 요 골목을 돌아 들어가서 사천로(四川路) 청년회로 가문, 돈 안 받구 병 보아 주는 의사 어른이 계시다네. 그리 가 보게. 그저께 우리 장손 녀석이 갑자기 아프대서 거기 가서 약 두 봉지 타 먹구 나았다네. 어서 가 보게."

아찡이는 무의식하게 고개를 끄덕이었다. 아마도 이 곰보 영감 말대로 하는 것이 좋을까 보다 하고 흐릿하게 그는 생각하였다. 그러나…… 글쎄 어젯밤 꿈이 불길하더니…… 그는 마치 꿈속에서 길을 걷는 사람처럼 벌떡 일어나 남경로(南京路)로 뛰어들어갔다.

2

그가 어떤 모양으로 어떻게 여기까지 왔는지를 기억할 수가 없었다. 하여간 이 사람 저 사람에게 물어 보아 가며, 핀잔을 먹어 가면서 여기까지 찾아는 왔다. 방 안에는 자기 이외에도 서너 노동자들이 먼저부터 와서 아무 말도 없이들 서로 번번이 쳐다들만 보고 앉아 있었다. 한 사람은 어디서 무엇에 치었는지 그냥 피가 뚝뚝 흐르는 팔을 추켜들고 "호 호" 하면서 부들부들 떨고 앉아 있었다.

아찡은 한참 동안이나 벽을 기대고 반쯤 누워 있다가 차차 정신이 드는 것을 깨달았다. 인제는 정신은 똑똑해졌는데 몸이 그저 사시나무 떨리듯 와들와들 떨리고 멎지를 않았다.

의사님은 어디를 갔나?

그곳 하인 비슷한 사람 하나가 비를 들고 들어왔다. 아찡은 거의 본능적으로,

"의사님 어데 가셨수?" 하고 물었다. 하인은 아무 대답도 없이 비로 방바닥을 두어 번 긁적거리고 나더니 기지개를 하면서,

"규칙이 의사님이 새루 두시가 돼야 오우! 갔다가 두시에들 오라구. 두시 전에는 의사님이 안 오시는 규칙이야." 하고는 다시 방을 쓴다. 아찡은 비가 가는 곳마다 풀썩풀썩 일어나는 먼지를 흠뻑 맞으면서, 잇몸이 딱딱 마주 붙어서 떨리는 소리로 다시 물었다.

"지금 몇 시쯤 됐소?"

"열두시." 하고 그 하인은 마치도 시간을 따로 외워 가지고 다니기나 하듯이 빨리 거침없이 대답했다.

두 시간! 그러나 여기서 기다릴밖에 없었다. 지금 아무 데도 갈 기력이 없다. 왜 이다지도 몸은 자꾸만 떨릴까?

아찡이 한참 동안 정신없이 있다가 다시 정신을 차린 때에는 떨리는 증세는 모두 없어지고, 그저 머리를 몽둥이로 얻어맞은 듯이 띵할 뿐이었다. 팔 부러진 사람은 아직도 그냥 "호 호" 하고 앉아 있고 다른 사람들은 일체 상관없다는 듯이 천장들만 치어다보고 앉아 있었다.

흐리멍텅한 아찡의 귀로는 바깥 길 위로 뿡뿡 쓰르르 하며 오고 가는 자동차 소리들이 어디 멀리서 들려 오는 소리같이 들렸다. 그는 침묵이 무서워졌다. 그래서 그는 이 답답한 침묵을 깨뜨리는 것이 자기의 책임이나 되는 것처럼,

"지금 몇 시나 됐을까요?" 하고 공중을 향하여 물었다. 천장만 쳐다보던 사람들이 잠깐 얼굴을 돌려 표정 없는 흐리멍텅한 눈동자로 바라다볼 뿐이요, 누구 하나 말대답하는 이가 없었다. 아찡은 무서운 생각이 나서 몸을 부르르 떨었다.

"──글쎄 어젯밤 꿈자리가 사납더라니!"

문이 열리면서 깨끗이 양복을 입고 금테 안경을 쓴 뚱뚱한 신사 한 분이 들어왔다. 아찡이는 직감으로 이 사람이 의사 어른이려니 하고 벌떡 일어나면서,

"의사 나리님, 제가 오늘 갑자기……."

하고 말을 건넸더니, 그 신사는

"아니오, 아니오, 의사는 아직 한 시간이나 더 있다가야 오십니다. 좀 더 기다리시오."

하고 대답하고 안으로 들어가 버렸다. 그러나 조금 후에 그 신사는 다시 나타났다. 아픈 몸과 가슴을 가진 노동자들의 멀건 눈들이 이 젊은 신사의 일거일동을 멀거니 바라다보았다.

이 신사는 좀 뚱뚱하고 퍽 쾌활스런 사람이었다. 그는 조그마한 세 다리 교의에 펄썩 주저앉으면서 구둣발로 마룻바닥을 한번 쿵쿵 구르고 나서,

"당신들 의사 뵈러 왔소? 좀더 기다리시오. 아, 당신은 팔을 다쳤구

려? 무슨 일 하오? 또 당신은?" 하면서 이 사람 저 사람 번갈아보면서
대답은 쓸데없다는 듯이 남이 미처 대답할 사이도 없이 혼자 주절대었다.

그러나 그도 입을 다물고 한참 동안 다시 침묵이 계속되었다. 그래서
표정 없는 여러 눈들이 신사의 몸을 떠나서 다시 천장으로 향하려 하는
때에, 신사가 다시 버룩버룩하면서 말을 꺼냈다.

"세상은 고해이지요. 죄 때문이외다. 아담 이브가 한번 죄를 진 이후
로 그 죄악이 온 세상에 관영해서 세상이 이렇게 괴로움 많은 세상이 되
었습네다."
하고는 가장 동정이나 구하는 듯이 군중을 한번 쭉 둘러보았다. 군중의
얼굴은 일체 '무슨 소린지 모르겠다.' 하는, 그러면서도 약간 호기심에
끌린 표정이 나타난 것을 그는 간파한 모양이었다.

"당신들은 기도를 해 본 적이 있소?" 하고 신사는 일동에게 물었다.
아무도 대답하는 이는 없었다. 모두 신사의 얼굴만 열심히 바라다볼 뿐이
었다. 신사는 잠깐 말을 멈추었다가,

"기도함으로 죄 사함을 얻습니다. 요한복음 삼 장 십육 절에 말하기를
'하나님이 세상을 이처럼 사랑하사 독생자를 주셨으니 누구든지 그를 믿
으면 멸망하지 않고 영생을 얻으리라' 했습니다. 하나님의 독생자 예수
그리스도가 우리의 죄짐을 지시고 골고다에서 십자가에 못박혀 죽으셔서
그 피로 우리 죄를 속해 주셨습니다. 그래서 누구든지 예수를 믿으면 세
상에서는 이렇게 괴롭다가도 죽은 후에는 천당에 가서 금거문고를 뜯고
천군 천사와 함께 하나님을 찬양하면서 생명수가의 생명과를 먹으면서 살
아가게 된답니다." 하면서 절반이나 설교하듯 혼자 흥분해서 한참 내리
엮고는 다시 한 번 일동을 둘러보더니, 벌떡 일어나며 눈을 하늘을 향하
여 올려뜨고,

"오! 사랑하시는 하나님이시여, 이 불쌍한 무리들을 굽어 살피사 당신
의 거룩한 성신의 불로 그들의 죄를 태워 버리고, 그들의 마음을 감동시
키사 하나님을 믿게 하시오며, 풍성하신 은혜를 베푸소서." 하더니 다시

눈을 내리떠 군중을 둘러보면서,

"여러분. 오늘부터 예수 품안으로 들어오시오. 예수 말씀하시기를 '내 멍에는 가볍고 쉬우니라' 하셨습니다. 이 세상 괴로움을 모두 잊어버리고 예수만 믿었다가 이 다음 죽은 후에 천당에 가서 무궁한 복락을 같이 누립시다." 하고 끝내고는 그만 불쑥 나가 버렸다.

소 눈깔같이 우둔한 눈으로, 이 흥분한 신사의 머리짓 손짓을 열심으로 바라다보던 눈들은 다시 일제히 어딘가 보이지 않는 곳을 물끄러미 바라보면서 각기 입으로는 약속했던 듯이 한숨을 내쉬었다.

아찡이는 열심으로 그 신사의 말을 들었다. 그러나 그는 그것이 모두 무슨 소리인지 잘 알아들을 수가 없었다. 무슨 '죽은 후에는 무궁한 복락을 누린다.'는 소리를 들을 때에는 '그렇게 되었으면 오죽이나 좋으랴.' 하고 속으로 부러워했다. 그러나 지금 세상이 아담과 이브의 죄 때문에 괴롭게 되었다는 소리는 미련한 생각에도 믿어지지가 않았다. 자기 같은 인력거꾼들은 모두 아담 이브의 죄의 형벌을 받는 중이라고 하려니와 그러면 어찌하여 자동차를 타고 다니는 양귀자들이나 또는 자기도 가끔 인력거에 태우는 비단옷을 입은 색시들은 아담 이브의 죄 형벌을 받지 않고 잘사는지 알 수 없는 일이었다.

신사가 나간 후에도 아찡이는 한참이나 그 신사가 하던 말을 알아들은 대로 되풀이해 보았다. '세상에서는 괴롭게 지나다가 일후 죽은 후에 천당에 가서는 금거문고를 타고……' 죽은 후에 금거문고를 타려면 살아서는 왜 꼭 고생을 해야 되는가? 죽은 후에 천군 천사와 함께 노래 부르면서 잘살려고 하면 왜 살아서는 매일 뚱뚱한 사람을 인력거 위에 태우고 땀을 흘려야 하며 발길에 차여야 하고 '홍도아째' 순사 몽둥이에 얻어맞아야만 되는가? 죽은 다음에 생명과를 배부르게 먹으려면 살았을 적에는 어찌하여 남 다 먹는 아침 죽 한 그릇도 맘대로 못 먹고 쪼빙과 미음으로 요기를 하여야만 되는 것일까? 이것을 아찡이는 아무리 생각하여도 깨달을 수가 없는 것이었다…… 그 신사가 말한 바 그 소위 그 천당이라는

데는 그러면 우리 같은 인력거꾼들만이 몰려가는 데일까? 그렇다면 양귀
자들과 양복 입은 젊은 사람들과 순사들은 죽은 후에는 어떤 곳으로 가는
가? 그들도 예수만 믿으면 천당으로 가는가? 만일 그들도 천당으로 간다
면 그들은 이 세상에서 고생이라곤 아니했으니 그것은 불공평하지 않은
가? 옳다. 만일 천당이라는 데가 있다면 거기서는 필시 우리 이 세상 인
력거꾼들은 아까 그 사람이 말한 모양으로 금거문고나 타고 생명과를 배
불리 먹고 놀고, 이 세상에서 인력거를 타고 다니던 사람들은 모두 인력
거꾼이 되어 누더기를 입고 주리고 떨면서 인력거를 끌고 와서 우리를 태
워 주게 되나 부다! 그렇다. 그리만 된다면 나도 한번 그들을 '에잇끼놈'
하고 소리 지르면서 발길로 차고, 동전 서 푼 던져 주고, 예수 만나 보려
대문 안으로 들어가게 될 터이지. 정말 그럴까…… 하고 그는 혼자 흥분
하여졌다. 그래 그 신사가 아직 있으면 천당에도 인력거꾼이 있느냐고 물
어 보고 싶었다. 만일 그렇다고만 하면 그는 이제라도 어서 속히 죽을 것
이었다. 그래서 그 좋은 천당으로 한시바삐 갈 것이다. 그는 호기심에 끌
려서 미닫이 칸 막은 안방에서 무슨 책인지 웅얼웅얼하면서 읽고 있는 하
인에게 말을 건넸다.
　"여보, 영감님, 영감님두 예수 믿수?"
　웅얼웅얼하던 소리가 뚝 끊기고 잠시 가만 있더니,
　"네, 왜 그러우?" 한다.
　"천당에두 인력거꾼이 있답데까?"
　"인력거꾼? 흥, 천당에도 인력거꾼이 있으면 천당이 좋달 게 무얼꼬.
없어요."
　눈만 멀뚱멀뚱하고 앉아 있던 다른 사람들도 빙그레 웃었다. 피가 뚝뚝
듣는 부러진 팔을 들고 앉았는 사람만이 아무것도 모두 귀찮다는 듯이 그
냥 물끄러미 팔만 들여다보고 앉아 있었다.
　아찡이는 낙망했다. 천당에는 인력거꾼이 없다! 그러면 역시 고생하는
놈은 우리들뿐인 것이다. 돈 많은 사람들은 세상에서나 천당에서나 늘 즐

거운 것뿐이니!

그는 그런 천당에는 가기가 싫었다. 천당에 가서도 낮은뎃사람이 위로 가고, 위엣사람이 아래로 가지지 않는다고 할 것만 같으면 그런 데까지 일부러 다리 아프게 찾아갈 필요는 조금도 없는 것이었다. 차라리 괴롭더라도 이 세상에서나 쪼빙이나마 잔뜩 먹고 몸이나 성해서 한 달에 한 번씩 이십 전짜리 갈보네 집에나 가서 자면 그것이 더 행복스러운 일이라고 그는 생각하였다.

몸이 퍽 거뜬해진 것처럼 생각되어서 아찡이는 오지도 않는 의사를 기다리기가 싫어져서 그만 밖으로 나와 버렸다. 그런데 그가 분주스런 거리로 이 사람 저 사람 피하면서 걸어갈 때 홀로 큰 고독을 깨달았다. 아찡이는 갑자기 이 세상 밖에 난 것같이 생각이 되어서 슬퍼졌다. 지나가는 사람, 지나오는 사람들이 모두 희미하게 멀리 딴 세상에 사는 사람들 같고, 자기는 지구 밖 어떤 곳에 홀로 서서 이 사람 떼를 바라보는 것처럼 생각되어졌다. 그는 이것이 흉조라고 생각되어 몸을 떨었다.

그는 정신없이 다리가 움직여지는 대로 걸었다. 팔레스 호텔 앞에 버리고 온 인력거는 기억에 나지도 않았다. 그 인력거를 잃어버린 제 앞에 어떠한 비참한 일이 오리라는 것조차도 인식하지 못하였다. 저도 모르게 제 집 쪽으로 걸어오다가 건재 약국에 들어가서 감초 가루약을 동전 서 푼 어치 사 들고 그냥 걸어갔다.

아찡이 얼마나 오래 걸었던지 제 집 동구 밖에까지 왔을 때 동구 밖에 울긋불긋한 기를 늘이운 책상 뒤에 앉아 있는 안경 쓴 점쟁이를 발견하였다. 아찡이는 저도 모르게 그리로 끌리어 갔다.

전대에서 이십 전짜리 은전 한 푼을 꺼내 이 점쟁이 앞에 던져 주고 우두커니 서서 점괘를 기다리고 있었다. 점쟁이는 누런 안경 속으로 그 큰 두 눈을 휘번덕거리면서 아찡이의 아래위를 한 번 훑어보더니 자그마한 상자 속에 손을 넣어 돌돌 말린 종이 한 장을 꺼내서 펼쳐 읽어 보고는, 책상 밑에서 커다란 장지책 한 권을 꺼내들고 세 치나 자란 시커먼 엄지

손톱으로 장장 들쳐가면서 고개를 끄덕끄덕하며 몇 곳 읽어 보더니 책을 덮어 놓고서 책상 위에 놓인 유리판에다가 먹붓으로 글자 넉 자를 써서 아찡 앞에 쑥 내밀었다. 아찡이가 그 글자를 알아볼 리가 없었다. 점쟁이는 가장 점잔을 빼면서 관화가 조금 섞인 듯한 영파 방언으로 점의 해석을 길게 늘어놓았다. 이러쿵저러쿵 중언부언한 해석을 다 모아 보면 대략 이러한 뜻이었다.

……아찡이가 지금은 전생의 죄값으로 고생을 하지만 인제 얼마 안 있으면 돈 많이 모으고 잘살게 되리라는 것이었다.

3

아찡이는 정신없이 제 방 안으로 들어가서 꼬꾸라졌다. 그는 몸을 떨었다.

몸이 다시 으스스 하고 구역이 나기 시작하였다. 아찡의 눈앞에는 그의 전 생애가 한번 죽 나타났다. 어려서 시골서 남의 집 심부름하던 때로부터 상해로 굴러들어와서 공장에 들어갔다가 거기서 쫓겨나서는 이내 인력거를 끌게 된 것…… 그것이 벌써 팔 년이라는 긴 동안이었다.

팔 년 동안 인력거를 끌던 신산한 기억이 다시금 생각났다. 애스톨 하우스 호텔에서 어떤 서양 신사를 태우고, 오 리도 더 되는 올림픽 극장까지 가서 동전 열 푼을 받아들고 너무나 억울해서 동전 두 푼만 더 달라고 빌다가 발길에 차이던 생각이 났다. 또 언젠가는 한번 밤이 새로 두시나 되어서, 대동 여사에서 술이 잔뜩 취해 나오는 꺼우리(조선 사람) 신사 세 사람을 다른 동무들과 함께 한 사람씩 태우고 불란서 조계 보강리까지 십 리나 되는 길을 끌고 가서 셋이서 도합 십 전짜리 은전 한 푼을 받고 너무도 기가 막혀서 더 내라고 야단치다가 그 신사들에게 단장으로 얻어맞고 머리가 터져서 급한 김에 인력거도 내버리고 도망질쳐 달아나던 광경이 다시 생각났다. 그러고는 또다시 언젠가 한번 손님을 태우고 정안사로 가다가 소리도 없이 뒤로 달려온 자동차에게 떠밀리어서 인력거를 바수고 다리까지 삐인 위에 자동차 운전수의 발길에 차이고 인도인 순사에게 몽둥이에 매맞던 일도 새삼스럽게 다시 생각이 났다.

길다면 길고 멀다면 먼, 또는 짧다면 또 짧은 팔 년 동안의 인력거꾼 생활! 작은 일, 큰 일, 눈물난 일, 한숨 쉰 일 들이 하나하나씩 다시 연상되어서 그는 어린애처럼 엉엉 울었다. 그러다가 그는 갑자기 목이 갈한 것을 느끼면서 몸을 일으키려 하다가 온몸에 쥐가 일어서는 것을 감각하여,

"끙."

소리를 지르며 도로 엎으러지고서는 다시 아무것도 인식하지 못하게 되고 말았다.

4

종일 인력거를 끌다가 새벽녘에야 집으로 돌아와서 아찡의 시체를 발견하고 공보국에 보고한 뚱뚱보를 따라서 공보국에서 순사와 의사가 검시를 하러 이 더러운 방으로 들어왔다.

의사는 방 안에서 검시하고 영국인 순사 부장은 중국인 순사 통역을 세우고 뚱뚱보에게 여러 가지를 물어서 조그만 수첩에 적어 넣었다.

"아찡이가 언제부터 인력거를 끌었지?"

"글쎄 똑똑히는 모릅니다. 이 집에 같이 있게 되기는 바루 삼 년 전부터이올시다. 그때 제가 인력거를 처음 끌기 시작하면서부터 함께 있게 되었사와요."

"그래 똑똑히는 모른단 말야?"

"네, 네, 아찡이 제 말로는 이 노릇을 시작한 지가 금년까지 팔 년째라구 말을 합디다만, 나리!"

순사 부장은 알았다는 듯이 고개를 끄덕끄덕하더니 안에서 검시하고 나

오는 의사를 향해 웃으면서 영어로 이렇게 말했다.

"무얼요, 저 죽을 때가 다 돼서 죽었군요. 팔 년 동안이나 인력거를 끌었다니깐요. 남보다 한 일 년 일찍 죽은 셈이지만, 지난번 공보국 조사에 보면 인력거 끌기 시작한 지 구 년 만에는 모두 죽는다구 하지 않았습니까?"

의사는 고개를 끄덕거리면서,

"흐흥! 팔 년에서 십 년, 그저 그 이내지요. 매일 과도한 달음질 때문으로……."

5

공보국에서 온 일꾼들이 아찡이의 시체를 거적에 담아 실어 가지고 간 후, 뚱뚱보는 한참이나 멀거니 앉아 있다가 벌떡 일어나서 밖으로 나갔다.

그날 오후 두시에 사람들은 그 뚱뚱보가 역시 아무 일도 없다는 듯이 인력거에 손님을 태우고 기운차게 달리고 있는 것을 볼 수가 있었다. 그는 아까 순사 부장과 의사와의 회화를 못 알아들은 것이 그에게는 다행이었다. 오 년이나 육 년 후에 그도 아찡이의 뒤를 따르게 될 것을 모르므로 뚱뚱보는 껑충껑충 아스팔트 매끈한 길 위를 기운차게 달리는 것이었다…… 마치도 한 백 년 더 살 것같이…….

50

아네모네의 마담

 티룸 아네모네에 마담으로 있는 영숙이가 귀고리를 두 귀에 끼고 카운터 뒤에 나타난 날, 아네모네 단골 손님들은 영숙이가 머리를 움직일 때마다 한들한들 춤을 추는 그 자줏빛 귀고리의 아름다움을 탄복하였다. 아니 그보다도 그 귀고리가 가져온 영숙이 자신의 아름다움에 황홀하였다.
 "아, 고것이 귀고리를 달구 나서니 아주 사람을 죽이네그랴."
하고 한편 구석에서 차를 마시다 말고 수군거리는 사람도 있고,
 "어, 마담이 아주 귀고리루 한층 더 뀄서 귀부인이 됐는걸, 허허허……."
하고 크게 웃는 사람도 있고 양주 두어 잔에 얼굴이 붉어진 신사 한 분은 돈을 치르러 와 가지고,
 "그 귀고리 참 곱다."
하면서 귀고리를 만지는 체하며 영숙의 매끈한 뺨을 슬쩍 만지는 것이었다.
 오늘 영숙의 가슴은 사탕 도둑질해 먹다가 들킨 어린아이 가슴처럼 죄이고 불안스러웠다. 그는 몇 번이나 변소로 들어가서 콤팩트를 꺼내 그

똥그란 면경에 비치는 얼굴, 아니 그 귀고리를 보고 또 보았다. 카운터 뒤에 나서 있는 때에도 크게나 작게나 손님들이 귀고리에 대해서 무슨 말이고 하는 것이 들릴 때마다 그는 그 한들한들하는 귀고리를 손으로 어루만지었다. 그리고 거리로 통하는 출입문이 열릴 때마다 그의 얼굴은 금시로 홍당무같이 빨개지고 두 손끝이 바르르 떠는 것이었다.

문이 열릴 때마다 가슴이 내려앉는 것 같았다. 그는 기다리는 것이었다. 마치 자기 일생에 가장 큰 운명을 지배할 사건이 그 문을 열고 들어설 때를 기다리는 것처럼 조바심이 되는 것이었다.

문이 열릴 때마다 무슨 무서운 것이나 예기하는 사람처럼 힐끗 그쪽을 바라다보는 것이었다. 바로도 못 바라보고 힐끗 곁눈으로 도둑질해 보는 것이었다.

문이 방싯이 열렸다. 시꺼먼 사각모가 먼저 나타났다. 이어서 사각모 아래로 어떤 창백한 얼굴이 보였다. 문을 조심스레 미는 손이 보였다. 전문학교 학생의 제복이 보였다. 그 순간 영숙은 가슴이 내려앉았다. 그는 도망을 가듯이 고개를 숙이고 카운터 뒤로 뚫린 판장문 밖으로 나갔다. 귀고리가 판장문에 부딪치어서 옥을 굴리는 듯한 쨍그렁 소리가 났다. 물론 그 소리는 영숙이 혼자서만 들을 수 있었다.

그 뒤는 바로 부엌이었다. 영숙이는 차 끓이는 화덕 앞을 지나 변소로 또 들어갔다. 변소 문을 안으로 잠그고 그는 잠시 두 손을 가슴에 대고 오도카니 서 있었다.

'어떡할까?'

하고 그는 스스로 물었다. 그는 콤팩트를 꺼내서 그 조그만 면경에 비친 콧잔등을 들여다보았다. 그는 무의식하게 분가루를 콧잔등에 두세 번 찰싹찰싹 두드리었다. 그러나 그가 콤팩트 면경을 꺼낸 목적은 거기 있는 것이 아니었다. 그는 살짝 고개를 돌려 똥그란 면경 앞에 나타나는 귀고리를 보았다. 귀고리가 한들한들 떨리었다.

'고만 빼고 말까?'

하고 그는 생각하였다.

그 순간, 그러나 그는 결심한 듯이 콤팩트를 핸드백 속에 홱 집어넣고 살그머니 카운터 뒤로 기어 나왔다. 그는 고요히 찻점 앞을 휘 둘러보았다. 역시 저어편 그 구석자리에 그 학생은 와 앉아 있는 것이었다. 언제나와 마찬가지로 그 학생은 지금 영숙이를 정면으로 바라다보고 있는 것이었다. 그 언제나 무엇을 열망한 듯한, 열정에 타고 넘치는 듯한 그 눈 모습으로!

영숙이는 얼굴이 화끈 다는 것을 인식했다. 그러자 귀 밑에 달린 귀고리가 찰싹찰싹 뺨을 스치는 것도 인식하였다. '귀고리가 차기도 차다.' 하고 그는 생각하였다.

축음기 소리판에서는 뚜뚜르두두, 뚜뚜르두두 하고 박자 잰 재즈가 숨이 찰 듯이 쏟아져 나왔다. 영숙이는 빨개진 자기 얼굴을 어둠 속에 감추고 서서 소리판을 한 장씩 한 장씩 골라 내고 있었다. 여러 장을 젖히고 나서 영숙이는 소리판 한 장을 들고 물끄러미 들여다보았다.

이 소리판 한 장! 영숙이에게 이상스러운 인연을 가져다 준 소리판 한 장이었다.

그것은 아마 약 한 달 전 일이었다. 하아얀 저고리를 입은 보이가 한 벌 접은 하아얀 종이를 영숙에게 전해 주던 것이! 그리고 보이는 고갯짓으로 저어편 한구석에 혼자 앉아 있는 어떤 제복 입은 학생을 가리키었다. 그 학생을 바라다본 영숙이의 첫인상이 '몹시도 창백한 얼굴'이었다. 그 창백한 얼굴에서 반사되는 두 개의 시선, 그것이 영숙이를 이상스런 감정으로 인도하는 것이었다. 그 두 눈은 뚫어질 듯이 영숙이를 응시하는 것이었다. 그 눈 모습은 마치 몹시 사랑하는 애인을 건너다보는 순결하고도 열정에 찬 그러한 눈이었다.

영숙이는 얼른 그 시선을 피하면서 종이를 펴들었다. 그때 영숙이 가슴 속에서는 무엇이 털썩 소리를 내고 떨어지는 듯했다. 그러나,

'슈베르트의 《미완성 교향곡》을 한 장 틀어 주시면 고맙겠습니다.'

오직 이것이었다. 영숙이는 다시 그 학생을 건너다보았다. 역시 열정에 찬 두 눈이 영숙이를 집어삼킬 듯이 바라보고 있는 것이었다. 영숙이는 그 소리판을 찾아서 축음기 위에 걸어 놓았다.

심포니의 조화된 멜로디가 담배 연기로 자욱한 방 안 구석구석에 울릴 때 그 학생은 잠시 빙그레 웃었다. 그 웃음은 얼굴이 창백한 탓이었던지 어쩐 몹시 구슬픈 고적한 미소였다. 그러나 그 다음 순간 그 학생은 눈을 스르르 감았다.

영숙이에게는 이 학생의 얼굴은 어디서 한두 번 보았던 듯한 낯익은 얼굴이었다. 어디서 보기는 분명 보았는데 언제 어디서인지를 꼭 집어 낼 수 없는 그러한 어슴푸레한 기억이었다. 아마도 그 학생이 찻집에를 더러 왔을 테니까 아마 이전에 무심히 몇.번 보았을 것이었다. 그러나 그 학생의 얼굴이 그렇게 창백하고 그 두 눈이 그렇게 열정과 애수에 차 있는 것은 이날 밤 비로소 처음 보는 듯싶었다.

영숙이는 가끔 곁눈으로 이 학생을 보았으나 그 학생의 마음은 심포니의 음악을 타고 허공으로 떠돌아다님인지 그는 눈을 감은 채 죽은 듯이 앉아 있었다. 소리판 한 면이 다 끝나고 스르르 턱 하고 멈추자 그 학생은 눈을 번쩍 떴다. 영숙이는 얼른 외면을 하고 축음기 바늘을 바꾸어 끼웠다.

그날 저녁 이후에 서너 번이나 영숙이는 보이를 통하여 그 창백한 얼굴의 소유자로부터 편지를 받았다.

'슈베르트의 《미완성 교향악》.'

오직 이 문구 하나뿐이었다.

그 학생은 매일 왔다. 매일 저녁 아홉시쯤 되면 와서는 꼭 한구석에 마치 자기가 정해 논 자리라는 듯이 그 자리에 가 앉아서 홍차 한 잔 마시고는 두 시간 가량 앉아서는 정해 놓고 영숙이를 바라다보는 것이었다. 세상에 다른 아무 존재도 없이, 오직 영숙이만 있다는 듯이 그 두 눈은 영숙이를 바라다보는 것이었다. 애정과 욕망과 정열에 가득 찬 눈이었다. 그런데 영숙이는 첫날부터 이 시선이 반가운 것을 감각한 것이다. 어떤 때는 너무도 선이 변치 않고 한곳에만 머물러 있는 것이 어째 남의 주의를 사게 되지 않을까 하여 염려되는 때도 있었으나 그가 용기를 내어 그 학생 쪽으로 돌릴 때 잠시라도 그 학생의 시선이 딴 데로 옮겨진 것을 발견할 때는 어째 서운한 생각이 드는 것이었다.

어떤 날 밤에는 한번 그 학생이 들어오는 것을 보자 영숙이는 자진하여서 《미완성 교향악》을 축음기에 걸어 놓았다. 역시 그 구석에 혼자 앉았던 그 학생은 이 낯익은 음악이 들려 오자 잠시 빙그레 웃었다. 역시 그 어딘가 구슬픈 빛이 감추어 있는 그런 웃음이었다. 영숙이는 얼굴뿐 아니라 제 전신이 빨갛게 물드는 것 같은 느낌을 얻었다. 혹 실없는 사내들이 가끔 농담을 걸기도 하고 돈 치르는 체하고 슬쩍 손목을 잡아 보기도 할 때에도 얼굴을 붉히지 않으리만큼 벌써 마담 생활에 익숙해진 영숙이었다. 그러나 이 말없는 시선 앞에서는 어쩐 일인지 전신이 수줍음으로 휩싸이는 것 같은 느낌을 억제할 수 없는 것이었다.

가끔 이 학생은 다른 학생 하나와 둘이서 올 때도 있었다. 둘이 와서도 그들은 남들처럼 이야기를 하지도 않고 둘이 다 벙어리 모양으로 우두커니 앉아서 한 학생은 담배를 피우며 천장이나 바라다보고 있고, 이 학생은 역시 영숙이만 바라다보는 것이었다. 그러다가 《미완성 교향악》이 나오면 그는 역시 잠시 빙그레 웃을 뿐이었다. 이 빙그레 웃는 모양을 보면 영숙이는 몹시 기쁘기도 하고 몹시 슬프기도 한 야릇한 감정을 맛보는 것이었다. 그래서 이 빙그레 웃는 구슬픈 미소를 보기 위하여 어떤 날 밤에는 영숙이는 《미완성 교향악》을 세 번 네 번씩 걸어 놓기도 하였다.

그 학생은 그렇게도 영숙이를 열정에 찬 눈으로 바라다보면서도 한 번도 다른 사람들처럼 영숙이와 수작을 건네 보는 일이 없었다. 아니 카운터에도 가까이 오는 일이 일체 없었다. 찻값도 반드시 보이에게 물고 가고 한 번도 친히 카운터에 와서 내는 법이 없었다.

　영숙이는 그 학생의 이름도 기실 모르는 것이었다. 그러나 웬일인지 그 학생과 평범한 이야기라도 한마디 주고받았으면 하는 욕망이 걷잡을 새 없이 끓어오르는 때가 가끔 있었다.

　'왜 사내가 저렇게 용기가 없을까! 슈베르트의 《미완성 교향악》만 자꾸 써 보내지 말구, 내일 오후 두시에 아무 데서 좀 만날 수 없을까요? 이렇게 왜 좀 못 써 보낸담?' 하고 혼자 야속스럽게 생각한 때도 가끔 있었다. 사실 영숙이는 여러 사나이에게서 좀 만나자는 둥, 사랑의 여신이라는 둥, 나의 천사라는 둥 하는 문구를 늘어놓은 편지를 많이 받았다. 그러나 그는 한 번도 그 사나이들과 조용히 만나 본 일은 없었다. 그런데도 만일 이 이름도 모르는 학생이 그런 편지를 한 번만 보내 준다면 그는 곧 춤이라도 출 듯싶었다.

　요새 와서는 무슨 일인지 이 학생은 《미완성 교향악》이 나오기만 하면 곧 상 위에 두 팔을 올려놓고 그 속에 머리를 파묻고 죽은 듯이 엎디어 있는 것을 가끔 본 일이 있었다. 어쩐 일인지 영숙이에게는 이 학생이 그처럼 엎디어서는 소리 없이 울고 있는 것이라고 생각되는 것이었다. 소위 제 육감이라고 할까, 하여튼 그 학생은 남에게 말 못하는 무슨 고민과 슬픔을 품고 있는 것이라고만 영숙이에게는 생각되었다. 그리고 그 고민의 원인이 영숙이 자신에게 있는 것이 아닐까 하고 생각되어서 퍽이나 송구스럽고 번민되는 것이었다.

　'왜 나한테 모든 것을 털어놓고 이야길 못할꼬?'
하고 영숙이는 가끔 초조하고 원망스런 눈으로 그 학생을 바라다보곤 하는 것이었다.

　영숙이는 자기 자신도 인식하지 못하는 가운데 자연히 몸맵시에 대하여 더한층 주의를 하게 되었다. 그리고 어떻게 했으면 이 학생과 잠시라도 이야기를 해 볼 도리가 없을까 하고 궁리궁리하던 끝에 마침내 이 귀고리를 사서 달고 나선 것이었다. 귀고리를 끼고 나서면 조선서는 흔치 않은 일이라 필연코 그 학생도 '귀고리가 곱다.'라든가, '얼굴과 어울린다.'라든가 하는 무슨 말이고 건네어 보게 될 것을 바랐던 것이다.

영숙이는 지금 자기가 골라 든 《미완성 교향악》 소리판을 들고 방금 뱅글뱅글 돌고 있는 재즈가 끝나기를 기다리었다. 그 학생은 웬일인지 오늘 밤에는 벌써부터 상 위에 올려놓은 두 팔 속에 머리를 파묻고 엎디어 있는 것이었다. 그와 함께 온 다른 학생은 담배를 피워 물고 앉아서 옆에 엎드린 친구를 무슨 불쌍한 동물이나 바라보듯이 딱한 표정으로 바라다보는 것이었다.

'자기 자신이 용기가 없으면 저 학생을 통해서라도 내게 말 한마디 해 주면 될 것을!'
하고 영숙이는 그 학생의 행동이 안타깝게 생각되었다.

그때 온 방 안 공기를 쩌렁쩌렁 울리던 재즈 소리가 뚝 끊기고 스르르 스르르 턱 하더니 축음기가 멈추었다. 영숙이는 바늘을 갈아 끼우고 재즈판을 들어내 놓고 《미완성 교향악》을 걸었다. 그 학생이 인제 자기를 바라다보며 빙그레 웃을 그 창백한 얼굴을 연상하면서 영숙이는 판을 돌리고 그 위에 바늘을 얹어 놓았다.

곱고 조화된 음률이 방 안을 가득 채웠다. 영숙이는 고개를 돌려 그 학생을 바라다보았다. 귀고리가 찰싹찰싹 그 뺨을 스치었다──귀고리가 매끄럽기도 매끄럽다 하고 그는 생각하였다.

웬일일까? 그 학생은 빙그레 웃어 보이기는커녕 두 팔 새에 파묻은 얼굴을 들지도 않는 것이었다. 영숙이는 이해할 수 없어서 멀거니 그 학생 쪽을 바라다보고 서 있었다.

잠시 동안의 시간이 흘렀다. 심포니의 음률은 방 안 구석구석을 신비경으로 변화시키는 것처럼 우아하고 신비스러웠다.

그러자──.

그것은 마치 일종의 벼락처럼밖에 더 생각되지 않았다. 영숙이는 그때 그 순간에 돌발한 괴이한 사건을 순서적으로 기억할 수는 없었다.

"그때 그래 무슨 일이 생겼어?"

하고 누가 물으면 영숙이는 도무지 그 갈피를 찾아서 이야기할 수가 없을 것이다. 도무지 예기치 못했던 돌발 사건이 생기는 때 사람의 신경은 놀라고 떨리어서 그 사건 진행의 참된 모양을 순서적으로 기억할 수는 없게 되는 것이다.

하여튼 영숙이가 맨 처음 본 바는 창백한 얼굴이었다. 상 위에서 번개처럼 휙 올라오는 창백한 얼굴이었다. 그리고는 그는 무슨 고함소리를 들은 것처럼 기억되었다. 마치, 고막을 찢을 듯이 강렬한 무슨 외침이었다. 그 고함소리가 무엇이라고 말했는지는 조금도 기억이 나지 않았다. 그 소리가 그 학생의 입에서 뛰쳐나왔다는 것만이 기억이 되었다.

그리고 그 다음 순간 영숙이는 카운터 앞에 우뚝 선 그 학생을 보았다. 성낸 호랑이처럼 씩씩거리는 그 숨소리를 똑똑히 들었다. 그러자 무엇이 와지끈 하고 깨지었다. 음악소리는 뚝 끊기고 사람들의 비명소리가 들리었다. 영숙이는 귀고리가 찰싹찰싹 뺨에 와서 스치는 것도 감각하지 못할 만큼 어안이 벙벙해지고 말았다.

그 뒤에는 한참 동안 혼란이 있었다. 사람들이 외치는 소리가 들리고 창백한 얼굴의 소유자와 함께 왔던 학생이 무엇이라고 온 방 안을 향하여 몇 마디 소리를 지르고, 그러고는 영숙이 보고도 무엇이라고 한두 마디 했지마는 영숙이는 그 말을 깨달아 들을 수가 없었다. 그리고 그 다음 순간 영숙이는 한 학생에게 끌리어 문 밖으로 나가는 창백한 얼굴을 보았다.

한참 동안 와글와글 온 방 안이 끓었다. 영숙이는 넋을 잃은 사람처럼 교의 위에 한참을 주저앉아 있었다. 축음기에서 다시 음악소리가 울려 나오는 것을 듣고야 비로소 영숙이는 정신을 수습하였다. 카운터 위에는 보이가 주워서 올려놓은 깨어진 소리판이 여러 조각 놓여 있었다. 깨진 소리판은 슈베르트의 《미완성 교향악》이었다.

한 두어 시간쯤 뒤에 아까 창백한 얼굴의 소유자를 억지로 끌고 나갔던 그 학생이 혼자서 다시 왔다. 그는 방 안을 한번 휘 둘러보더니 카운터로 가까이 와서 카운터 위에 팔을 기대고 섰다. 마침 찻집 주인이 와 있었으므로 그 학생은 주인에게 소리판 값을 물었다.

"참으로 미안하게 됐습니다."

하고 그는 사과하였다. 아까 그 소란이 있을 때 앉았던 손님은 다 가고 새로 손님들이 들어온 고로 손님들은 아까 그 소란을 모르는 모양이었다. 그래서 아무도 이 학생의 이야기를 들으러 모여들지 않았다. 오직 보이만이 곁에 와 서서 귀를 기울였다.

"이야기를 대강이라도 들으시면 용서해 주실 줄 믿습니다. 아까 그 학생은 내 가까운 친구입니다. 아주 똑똑한 수재지요. 그런데 무슨 운명의 장난인지 그는 어떤 남편 있는 부인을 사랑하게 되었습니다."

이때 영숙이는 가슴이 몹시도 들먹거리는 것을 감각하였다. 그는 고개를 축음기 쪽으로 돌리고 서서 이 학생의 말을 한마디라도 놓치지 않으려고 바싹 귀를 기울였다.

"그 부인은 하필 다른 사람이 아니고 바로 우리 학교 교수되는 이의 아내입니다. 언제 어디서 어떻게 기회가 되어서 서로 사랑하게 되었는지는 나도 잘 모릅니다. 또 지금 길게 이야기할 필요도 없겠지요. 하여튼 두 사람의 사랑은 순결하고 또 열렬하였습니다. 그러나 이러한 세상에 있어서 그 사랑은 언제까지나 비밀일 수밖에 없었습니다. 현 사회에서는 매음 같은 더러운 성관계는 인정하면서두, 집안 사정상 별로 달갑지 않은 혼인을 한 젊은 여인이 행이랄까 불행이랄까 남편 외의 딴사람에게서 한 사람이 한 번만 가져 볼 수 있는 그 고귀한 첫사랑을 바칠 수 있는 대상을 발견할 때 우리 사회는 그것을 더럽다고 낙인해 버리고 조금두 용서치를 않으니까요! 그 사랑이 얼마나 순결하구, 얼마나 열렬한 것을 이해해 줄 수 있는 사회두 아니고 또 이해해 보려구 하지두 않는 사회니까요. 더러운 기생 오입은 묵인하면서두 순결하고 고귀한 사랑은 그 사랑의 대상이

한 번 다른 사람과 결혼한 사람이라는 다만 한 가지 이유하에 기생 오입
보담두 더 나쁜 일처럼 타매하구 비방하는 그런 우스운 사회니까요. 이거
설교가 너무 길어졌습니다."

새로 손님이 들어왔으므로 보이는 주문을 받으러 다녀와서 다시 가만히
서서 귀를 기울였다. 영숙이도 부엌으로 뚫린 조그만 문으로 커피 두 잔
을 얼른 주문한 후 카운터에 몸을 기대고 서서 묵묵히 귀를 기울였다.

"두 분의 사랑은 퍽으나 불행했습니다. 더구나 약 한 달 전에 그 부인
이 병환으로 병원에 입원을 하게 되었습니다. 떳떳한 사이 같으면야 아침
부터라도 병원에 가서 살 수도 있으련만 두 사람의 사이가 그쯤 되고 보
니 어디 내놓구 문병인들 갈 수가 있나요? 만일 이 사회에서 조금이라두
이 연애 관계를 알게만 된다면 이 사회는 통떠들어 일어서서 그 부인을
무슨 파렴치한이나 되는 것처럼 타매할 것은 뻔한 일이니 어디까지든지
두 분의 사랑은 비밀 속에 감추어 두지 않을 수 없는 처지였지요."

영숙이는 자기도 모르게 몸을 떨었다. 그러고는 교의 위에 사뿐 내려앉
아서 다시 귀를 기울이었다.

"문병두 한 번 못 가구 이 친구는 하루 종일 거리로 싸돌아다녔습니
다. 아침마다 한 번씩 병원으루 전화를 걸어서 병의 차도나 물어 보구 그
러구는 타는 가슴을 움켜쥐고서 헤매는 것이었습니다. 밤이 되니 잠 한숨
잘 수 있겠습니까? 나는 그의 마음을 좀 붙잡아 보려구 이리저리 많이 끌
구 다녔지요. 그러다가 그 친구는 마침내 이 아네모네에 애착을 느끼게
되었답니다. 첫째 그는 여기서 슈베르트의 《미완성 교향악》을 들을 기회
가 있는 데 기뻐한 것이지요. 그 친구의 말에 의하면 이 슈베르트의 《미
완성 교향악》은 두 분 연인 사이에 가장 아름다운 추억을 실은 레코드인
모양입니다. 하루 종일 가슴속이 바작바작 타다가도 여기 와 앉아서 그
교향악 한 곡조를 듣고 있으면 지나간 날 아름다운 기억들이 마음속에 끓
어오르고 마치 그 부인과 함께 어떤 아름다운 동산을 거닐고 있는 것 같
은 그런 느낌을, 네 잠시나마 그런 아름다운 환영 속에 취할 수 있고, 또

어쩐지 병도 그리 중하지 않고 곧 나아질 것처럼, 마치도 그 음악의 선율이 그 부인을 어루만져 병을 쾌차시킬 것 같은 그러한 환영에 잠겨진다구요. 또 그뿐 아니라 저기 저 그림!"

하고 말하면서 그 학생은 영숙이 등뒤에 있는 벽을 가리키었다.

"저 그림은 그 유명한 《모나리자》가 아닙니까?"

영숙이는 힐끗 돌아다보았다. 거기에는 커어단 《모나리자》 그림이 걸려 있는 것이다. 영숙이가 카운터 뒤에 서 있으면 바로 머리 뒤로 그 그림이 보일 것이었다. 영숙이는 또 한 번 몸을 떨었다. 귀밑을 살짝살짝 스치는 귀고리가——따갑기도 하구나——하고 느껴지었다. 그 학생은 이야기를 계속하였다.

"그 친구는 저 《모나리자》를 바라다보기 위해 매일 여기 왔습니다. 교향악은 다른 찻집에서도 들을 수 있지마는 저 《모나리자》를 걸어 논 집은 이 서울 장안에 여기 한 곳밖에 없으니까요."

부엌에서 차가 나왔다. 영숙이는 그 차를 보이에게 넘겨 주고 또다시 말없이 앉았다.

"'모나리자!' 그 친구는 자기 애인을 '모나리자'라고 불렀답니다. 애인의 얼굴이 저 그림과 같은 것은 아닙니다. 그러나 이상한 일로 얼굴 모습은 완전히 다르면서도 그 부인이 빙그레 웃을 때에는 꼭 저 《모나리자》를 연상시킨다구 합니다. 그래서 친구는 자기 방 벽에도 애인의 사진 대신으로 《모나리자》를 걸어 놓았더군요. 그러나 그 좁은 방 안에 앉아서 그 《모나리자》를 바라보면 가슴이 터져 오는 고로 밤마다 이곳으로 뛰쳐나와서 저 그림두 바라보고 또 그 《미완성 교향악》두 듣구 이렇게 해서 그의 혼란한 마음을 위안시켜 왔던 것입니다."

저편에서 어떤 손님이 보이를 커다랗게 불렀다. 보이는 이야기가 더 듣고 싶은 모양이었으나 억지로 갔다.

"그런데, 그런데, 아까 저녁때에 입원해 있던 그 부인이 고만 세상을 떠났습니다. 거의 미친 사람처럼 된 내 친구를 겨우 이리루 끌구 왔었는데 그만 그 《미완성 교향악》이 그의 가슴을 찢어 놓았나 봐요. 그래서 사정이 그만하니까 아까 그 행동은 용서해 주시기 바랍니다. 참으루 미안했습니다. 난 또 어서 가 보아야 하겠습니다. 마음이 놓이지를 않으니 ······."

이튿날 밤.

찻집 아네모네에서는 언제나 그러한 것처럼 재즈 소리가 흘러 나왔다. 방 안 공기는 어느새 담배 연기로 안개 낀 것처럼 자욱해 있었다.

"아, 그런데 이 마담이 웬 변덕이 그렇게 많단 말이야? 응, 어저께 귀고리를 새로 낀 것이 썩 어울린다구 야단들이기 한번 볼려구 일부러 왔는데 그 귀고린 어쨌소 그래?"

하고 어떤 사나이가 말했다.

영숙이는 아무 대답도 없이 빙그레 웃어 보일 따름이었다. 그 웃음은 어딘가 구슬프고 고적한 기분을 띤 웃음이었다.

개 밥

　주인 나리가 바둑이라는 서양 개새끼를 얻어 온 것은 벌써 석 달 전 일
이었다. 어떤 사냥꾼의 집에서 얻어 온 것인데, 처음에는 우유 외에는 아
무것도 먹지 않으므로 아씨의 속도 무던히 태우고 나리의 돈지갑도 무던
히 비게도 만들었다. 첫 한 주일 동안은 나리의 극진으로 우유를 사다 먹
였으나, 백만장자가 아닌 형세로 개에게 우유만 먹이기는 너무 심하였다.
그래서 우유를 그만두고 밥을 먹여 보기도 했더니 처음 며칠은 먹지 않았
다. 그러나 주인 나리와 아씨의 용단으로 우유는 절대로 다시 먹이지 않
기로 하고, 그러나 서양 개에게 그냥 밥만은 아무래도 좀 뻑뻑할 터인즉
흰밥에다 고기 국물을 두어서 대접하기로 결정이 되었다. 어멈에게는 이
주인 내외의 하는 짓이 모두 미친 것같이 보이었으나, 물론 참견할 데가
아니라 입을 꾹 다물고 있었다. 우유가 얼마나 좋은 것인지를 똑똑히 모
르는 어멈에게는 개에게 우유를 먹일 때보다도 흰밥에 고깃국을 먹이는
것을 더 못할 것으로 생각하였다.
　'사람두 흰밥을 못 먹는데, 원 개에게 흰밥, 고깃국이라니!' 하고 어멈
은 부엌에서 아침마다 개밥을 준비하면서 속으로 생각하군 하였다. 처음

이틀은 그 개가 이 흰밥 고깃국을 닿치지도 않았다. 하나 서양 개도 배가 고픈 데는 별수가 없었던지 사흘 되는 날부터는 조금씩 짤딱짤딱 핥아먹기를 시작하였다. 처음 며칠 동안 개가 흰밥 고깃국을 잘 먹지 않는 동안에 어멈은 한편으로는 불평이면서도 한편으로는 슬그머니 좋은 일이었다. 그것은 주인 아씨가 개 앞에 한번 놓았던 밥은 내다 버리라고 어멈에게 명령하는 까닭이었다.

어멈은 그 흰밥 고깃국을 내버릴 수는 없었다. 그에게는 세 살 난 귀여운 딸이 있었다. 행랑방 어둡고 더러운 방구석에서 혼자 울고 웃고 중얼거리고 잠자고 꿈꾸는 이쁜 딸 단성이가 있었다. 첫날 개가 닿치지도 않은 개밥을 들고 행랑으로 나와 어멈은 그 밥을 단성이에게 주었다. 단성이는 세상에 난 이후로 흰밥 고깃국이 처음이었다.

오죽이나 맛있게 그가 그 밥 한 그릇을 다 먹었으랴! 더욱이 과한 노동으로 말미암아 어미 젖에서 젖이 잘 나지를 않으므로 젖도 변변히 못 얻어먹고 자란 단성이에게는 이 흰밥 고깃국 한 그릇이 그 동안 쌓였던 영양 불량을 한꺼번에 모두 회복시킬 수 있을 것같이 맛나고 좋은 음식이었다. 그렇게도 맛나게 그릇 밑까지 핥는 단성이의 조그만 모양을 볼 때, 어멈은 눈물이 나도록 기뻤다.

그후에도 며칠 동안 개가 밥을 조금만 먹고는 늘 남기는 고로(개가 처음이 되어서 맛을 못 들여 많이 아니 먹는 이유도 있겠지만, 개밥 얻어먹는 재미에 어멈이 일부러 밥을 많이 담아다 주는 까닭도 있었다. 주인 아씨가 무어라 말하는 것도 아니건마는, 어멈은 그의 마음속을 아씨가 알까 싶어서 개밥을 많이 담을 때마다 주인 아씨가 옆에 있으면 변명 삼아서 '잘 먹지두 않는 거 많이나 담아다 줘야 그래두 좀 먹는다우.' 하고 중얼거리군 했다.) 어멈은 매일 흰밥 고깃국을 얻어서 단성이도 먹이고 자기도 그 짭짤하고 단 국물과 입 안에서 녹아 스러지는 듯한 매끈매끈한 쌀밥 한두 술을 얻어먹을 수가 있었다. 한번은 좀 너무 많이 담았던 개밥을 바가지에 쏟아 들고 행랑으로 나가자, 대화정 어떤 두부장수에게서 두부 메고 다니며 팔아 주고 월급

오 원씩 받는 단성이 아범이 마침 집에 들렀으므로 그것도 오래간만이라고 그것을 바가지째 먹으라고 주었었다.

아범은 시장하던 끝이라 단성이가 입에 손가락을 물고 그의 입과 손만 치어다보고 앉았는 것도 깨닫지 못하고 훌훌 모두 들이마시었다.

"안에서 오늘 누구 생일인가?" 하고 아범이 개밥을 먹으면서 물어 보았다. 어멈은 남편이 방금 맛나게 먹은 밥을 개 먹다 남은 밥이라고 말하기가 어려워서,

"생일날은? 꼭 생일날만 고깃국을 끓여 먹습디까? 그저 끓이게 돼서 끓였지?" 하고 우물쭈물해 버리었다.

이때까지 아버지만 치어다보던 단성이는 아버지가 내려놓는 빈 바가지를 보고는 그만 그 바가지를 끌어안고 '으아' 하고 울었다. 어멈이 점심때 또 얻어다 주기로 약속하고 겨우 달래어 놓았다. 아버지는,

"그런 줄 알았다문 안 먹을걸, 난 그 오까미상이 청결통에 내버리는 흰밥 부스러기나 이따금 배부르게 얻어먹는걸!" 하고 단성이 몫을 공연히 먹어서 불쌍한 딸년을 울린 것을 후회하면서 월급 받으면 댕구알사탕 사다 주기로 약속하고 일어서 나갔다.

개도 먹지 않고는 못 사는 법이다. 두 주일이 못 되어 개는 그 흰밥 고깃국을 있는 대로 훌딱 먹어 없애게 되었다. 더욱이 자라나는 개라, 매일 식량이 늘어서 무섭게도 밥을 많이 먹어 댔다. 그래서 이제는 어멈이 아무리 밥을 많이 주어도 개가 먹다가 남기는 일이 없었다. 주는 대로 먹어치우는 개는 물론 단성이가 지금 어두운 방에서 흰밥 고깃국을 꿈꾸고 기다리고 있는 줄을 알 리는 없었다. 또 안다구 한들 그를 위해 밥을 남길 자선심도 없을 것이다.

매끼 어멈은 단성이를 낙망시키었다. 어멈은 언제나 단성이에게 했던 약속을 지키지 못하게 되었다. 팔자 없는 입에 당치도 않은 버릇을 배워 줘서 큰 야단이 났다. 하루는 단성이의 성화를 더 받을 수도 없고 또 그 애원을 차 버릴 수도 없고 해서 개밥은 내다가 단성이를 먹이고 저희가

먹으려고 지었던 조밥을 슬그머니 개에게 주었더니 개는 킁킁 두어 번 맡아 보고는 뒤도 안 돌아보고 부엌으로 들어가서 끙끙 앓으면서 돌아갔다.

주인 아씨는,

"이놈의 개가 오늘은 게걸이 들렸나 원, 한 사날 못 먹은 개처럼 구네." 하고 쫑알거리었다. 설거지를 하면서 어멈은 아씨가 혹 어멈의 한 것을 발견할까 보아서 속이 얼마나 죄었는지 모른다. 아무도 없다면 그 밉살스럽게 끙끙거리며 온 부엌 안을 헤매는 그 개새끼를 도마 위에 놓인 식도로 쿡 찔러 죽여 버렸으면 좋을 생각이 났으나 꾹 참지 않을 수 없었다. 어찌도 속이 죄이고 원통하고 분한지 속이 클클하고 안타까워서 씻고 있는 사발이라도 한 개 내동댕이 치고 몸부림을 하고 싶었으나 그럴 처지가 아니라 죄를 숨기는 듯, 용서를 비는 듯한 눈으로 아씨를 힐끔힐끔 쳐다보면서 나오지도 않는 웃음을 억지로 만들어 웃어 보이었다.

설거지를 겨우 마치고, 즉시 어멈은 행랑으로 뛰쳐나왔다. 나와서는 잡담 중지하고, 그때 문턱에 앉아서 오줌을 내싸고 있는 단성이를 머리채를 휘어잡고 끌고 들어가서 엉덩이가 깨어져라 하고 몇 번 몹시 갈기었다.

"이 썩어데 나갈 기집애야, 그 팔자에 흰밥은 무슨 흰밥을 먹는다구……."

어멈은 단성이를 탁 밀치었다. 단성이는 아랫목으로 굴러가 떨어지면서 벼락치듯이 악을 써 울었다. 어멈은 씩씩거리며 앉아서, 눈앞에서 대롱대롱 굴며 섧고 아프게 우는 단성이를 바라다보았다. 눈물이 흘러 내려 얼루기를 짓는, 햇빛 못 봐 시들은 얼굴, 뼈만 남게 여윈 손발, 가을이 깊었건만 아직 홑옷을 감고 있는 조그만 몸뚱어리!

'저것이 내 것인가!'하고 생각할 때 어멈은 말할 수 없이 섧고 애처롭고 후회가 났다. 더욱이 그의 엉엉 우는 울음소리는 어멈의 간장을 모두 녹이어 내는 듯하였다.

"이 계집애! 그래두 소리내 울갔네? 방치맛 좀 보구야 말간? 뚝 그쳐 …… 그냥 못 그쳐?"

울음소리는 뚝 끊치었다. 난 때부터 절대 복종으로 버릇된 관능은 위협 한마디면 좌우하기에 족한 것이다. 울음소리는 멎었으나 단성이가 울기를 그친 것은 아니었다. 들먹거리는 어깨, 코를 길게 들이마시는 소리, 이따금 숨을 한꺼번에 서너 번씩 들이쉬는 소리, 또 이따금 참을 수 없이 입 사이로 새어 나오는 짧은 느낌 소리!

'저것이 에미를 못 쓰게 만나서 맘 놓구 울지두 못하는가?' 하고 생각 하니 어멈은 더 견딜 수가 없었다. 후회와 같이, 그러면서도 어머니가 된 위엄을 보전하려는 구차스런 억제. 어멈은 단성이를 물끄러미 바라보았다. 그의 동글동글한 두 눈이 눈물로 채워졌다. 그는 억지로 울지 않으려 했으나, 코끝이 찡해지면서 골치가 지끈 아팠다. 한 줄기 눈물이 여윈 뺨 위로 주르륵 내리흘렀다. 더 참을 수가 없었다. 어멈은 미친 개처럼 소리를 지르면서 단성이를 얼싸안고 뒹굴었다.

"단성아! 단성아…… 에구 내 딸아…… 네 어미가 몹쓸 년이다…… 울지 마라 엉……."

단성이는 이젠 맘놓고 소리내 울었다. 어멈도 슬피 울었다. 단성이의 따끈따끈한 뺨이 어멈 뺨에 와서 닿을 때 그는 있는 힘을 다하여 단성이를 꽉 끌어안았다. 새로운 눈물이 멎을 줄도 모르고 내리흘렀다.

그후에 단성이는 일체 흰밥에 고깃국을 달라는 말을 한 번도 입 밖에 내지 않았다.

바둑이를 데려온 지 한 달이 좀 넘은 때, 단성이 아범은 직업을 잃었다. 별로 잘못한 일도 없으나, 영업을 축소한다는 이유로 밥자리를 떼였다. 그후 두어 주일간이나 일자리를 구해 보느라고 번둥번둥 놀고 있다가 나카무라조(中村組)에서 오사카인가 어디로 노동자들을 모집해 가는데 노자는 그냥 대주고 가서는 하루에 이 원씩이나 돈을 벌 수가 있다고 한다고 삼 년을 계약하고 태손이 아범과 그 밖에 여러 노동자와 함께 바다를 건너갔다. 떠나면서 아범은 돈 많이 벌어 가지고 삼 년 후에 단성이 입을 양복(일본촌으로 두부 팔러 다니면서 일본 아이들이 입은 것을 보고 어찌도 맘에 들었던지 언제든지 돈이 좀 풍부히 생기면 꼭 하나 사다 입히기로 벼르고 있었으나, 아직 시행을 못했던 것이다.)을 사다 주기로 약속을 했다. 어멈은 남편을 그렇게 멀고 생소한 곳으로 보내는 것이 좀 맘이 아니 놓이고 어쩨 무서운 생각이 들었으나, 가서 삼 년 후에는 돌아올 뿐더러 돈을 많이——얼마나 많이일지는 모르나 하여간 많이——벌어 온다는 말에 귀가 벌룩했고, 더구나 태손이 아범이랑 모두 같이 가니까 별로 염려 없으리라고 억지로 맘을 진정하였다.

"삼 년 세월이야 잠깐이지 뭐!" 하고 어멈은 삼 년 후에 돈 전대 차고 돌아올 남편을 상상하고 혼자 한숨을 쉬었다.

바둑이는 그 동안 벌써 꽤 컸다. 바로 제법 큰 개가 되어서 모를 사람이 오면 컹컹 짖는 소리도 차차 굵어지고, 다갈색 털이 매끈매끈한 몸뚱어리는 살이 포동포동 찌고 기름이 반지르르 흘렀다.

단성이는 한동안 차차 몸이 더욱더 쇠약해갔다. 저고리를 벗으면 갈빗대가 아롱아롱하고, 두 눈 아래는 영양 불량으로 시커멓게 멍이 졌다.

바둑이는 매일 주인 나리가 안고 귀애하고 다루어서 아는 사람을 보면 무릎으로 부득부득 기어 오르고 뺨과 손등을 핥고 하여 거리낌없이 사람들의 친구가 되고 또 모두의 귀염을 받았다. 그리고 서양 개로 우유를 안 먹고 밥과 고깃국을 먹는다고 누구에게서나 기특하다는 칭찬을 들었다.

단성이는 행랑방 속에서 구겨 박혀 있어서 (더구나 추운 겨울이 되었으므로) 바깥 구경은 못하고 더욱이 사람을 보면 무서워서 어릿어릿하여 공허한 눈에는 공포와 의심뿐이 방황할 따름으로, 주인집에 드나드는 손님들 중에도 하나도 이 단성이를 주시하는 이가 없었고 또 그 초췌한 얼굴이나마 본 이가 몇 사람이 되지 않았다.

그러는 동안에 개는 차차 더 크고 자유스럽게 되어서 그 커다란 귀를 실룩거리면서 바깥마당으로 뛰쳐나오는 때에는, 만일 그때 단성이가 거기 있다가는 그만 혼비백산하여 외마디소리를 지르면서 황급히 방으로 쫓기어 들어가는 것이었다. 단성이에게는 그 커다란 개가 한없이 무서웠다.

그 길쭉한 입으로 단성이를 깨물어 삼킬 것 같았다. 그러나 바둑이는 단성이를 본 체도 아니하는 모양이었다.

한 이십 일 전부터 단성이는 기침을 콜롱콜롱 하면서 열이 있는 것이 감기가 들린 것 같다고 하여 며칠 내버려두면 제 안 나으리하고 생각하는 어멈은 무관심하였다. 그들에 속한 백성들은 자연을 가장 좋은 의사로 믿는 것이 습관이었다. 그러나 단성이의 병은 그리 쉽게 나을 것이 아니었다. 자리에 누운 지 사흘이 못 되어 위중해졌다. 죽 한 술 먹지 않고 연해 기침을 하며 신열이 났다. 어멈은 그제야 심상치 않은 줄을 알고 놀라서 주인 아씨께 말하여 감기약 한 봉지를 얻어 먹이고 다시 땀을 내이면 낫는다고 안집에 사정을 하여 나무를 좀 얻어다가 불을 뜨뜻이 땐 후, 단성이 몸을 더러운 이불로 푹 덮어 주었다.

이튿날 아침, 어멈은 단성이가 거의 죽게 된 것을 발견하고 몹시 놀랐다. 감기보다도 필경 무슨 다른 병이라고 직각한 때 어멈의 온몸은 떨리고 혼은 흔들리었다.

어찌하랴! 그는 주인 아씨에게 그 사연을 아뢰었더니 의사를 청해다 보이라구 한다. 의사는 왔다. 깨끗한 새 외투를 입고 가방을 든 의사가 그 더러운 방 안으로 들어갈까 하고 어멈은 스스로 염려하고 부끄러워했으나, 지금 그런 것을 꺼릴 때가 아니었다.

어멈은 의사의 얼굴만 바라다보았다. 사형선고가 내리는가? 어멈의 눈은 의사의 입술에 풀로 붙여 논 것처럼 의사의 입만 바라다보았다.

"별로 염려는 마시오." 하는 말이 떨어질 때, 어멈은 다시 살 것 같고 제 귀를 의심하게 되어서 재차 물었다. 의사는,

"그런데 먹이는 것을 조심해서 먹여야겠소. 허튼 것은 먹이지 말고 고기 국물, 우유 같은 것이 좋고, 밥은 흰밥을 먹이고 병이 조금 낫거든 닭고기두 좀 먹이고, 달걀 같은 것을 먹이면 좋지요. 다른 병보다두 먹지 못한 병이니깐…… 약은 별로 쓸 것 없으나, 원한다면 좀 있다 애 시켜

보내리다…… 그리고 문을 이렇게 꼭 닫아 주지 말구 신선한 공기를 좀 통하게 하소. 그래두 추워서는 안 될 테니까, 불을 많이 때고 잠시잠시 열어서 공기를 순환시켜야·돼요…….”

하고 의사는 갔다. 속에서 안 나오는 것을 부끄럼을 무릅쓰고 시재 돈이 없으니, 후에 월급 사 원을 타거든 올리마고 겨우 말해서 의사를 보내 놓고, 돈도 없는데 약은 차라리 보내 주지 않았으면 좋겠다 하고 속으로 생각하였다. 어멈은 정신 잃은 사람처럼 찬바람이 병자의 온몸을 스치고 엄습하는 것도 잊어버리고 문턱에 주저앉은 채 의사가 가방을 끼고 나가던 대문간만을 멀거니 바라다보고 앉아 있었다.

약도 얼마간 먹였으나 효험이 없었다. 날로 변해 가는 형세를 보아서는 의사를 다만 한 번 더 청해다 보이고 싶었으나, 지난번 왔을 때 인력거 삯도 못 주었고 또 약값도 못 준 것을 생각할 때에는 도저히 다시 그를 청할 용기가 없었다. 주인 아씨에게 월급을 한 달치 먼저 꾸어 주는 셈치고 빌려 달라고 여쭈어 보았으나, 나리가 월급 받을 날이 아직 안 되어서 돈이 없다고 거절을 당하였다.

요새 며칠 단성이는 삶과 죽음의 경계선에서 방황하였다. 그런데 어젯밤 처음으로 단성이는 다 죽어 가는 소리로,

“엄마, 나 흰밥에 고깃국이나 좀 주렴.”하고 두 달 동안이나 일체 입 밖에 내지 않던 말을 하였다. 이튿날 아침에 어멈은 부끄럼을 무릅쓰고 그 사연을 주인 아씨에게 아뢰었더니, 주인 아씨는

“아니, 미친 소리하지두 마라. 한 달씩 앓구 누웠는 애가 밥을 먹다니? 체해 죽으라구…… 이걸 내다가 죽이나 쑤어 주소.”하고 흰쌀을 한 줌 집어 주었다. 어멈에게도 그것은 그럴 듯이 생각되었다. 우선 흰죽이라두 쑤어 주면, 조 미음보다 얼마나 맛이 있게 먹으랴 하고 생각하니 한없이 기쁘기도 하고 주인 아씨가 고맙기도 하였다. 죽을 할 수 있는 대로 좀 많게 하려고 물을 너무 많이 됐기 때문에, 죽이 아니고 그만 미음이 되었다. 단성이는 그 죽을 한 술 떠 보고는 더 먹지 아니하였다.

"이게이 흰밥이가?" 하고 원망스러운 목소리로 한마디 하고는, 아무리 권하여도 영 흰죽을 먹지 않았다. 어멈의 마음속으로는 흰밥에 고깃국을 단성이 죽기 전에 꼭 한 번만이라도 먹여 보고 싶은 생각이 간절하여졌다. 그러나 주머니에는 동전 한 푼 없었다. 전당 잡혀 먹을 물건이라도 있나 휘둘러보았으나 헌 의복가지나 있던 것을 단성이 아버지가 오사카로 갈 제, 차비는 나카무라조에서 담당해 준다고 한들 객지에 가면서 그래 돈 한 푼도 없이야 갈 수가 있겠느냐고 해서 모조리 전당을 잡혀 돈 이 원을 만들어 주어 보내고 남은 것이라고는 아무것도 없었다. 어멈은 방금 안방 마룻간에서 흰밥에 고깃국을 실컷 먹고 있을 바둑이를 그려 보았다.

"우리 단성이는 그래 개만두…….."

"왜?"

단성이는 가쁜 듯이 숨을 자주 쉬었다.

"흰밥이나 한 그릇…… 고깃국…….."

어멈은 죽그릇을 들고 벌떡 일어섰다. 안에 들어가서 고기 국물을 좀 얻어서 죽 속에 쳐다가 먹이어 볼 생각이었다. 안에 들어가 보니, 마침 주인 나리는 출타해 안 있고, 아씨가 먹다 남은 밥과 고깃국을 개밥공기에 주르륵 들어 쏟는 때이었다. 그러고 나서 아씨는 밥상을 들고 부엌으로 내려갔다. 어멈은 조심조심히 마루 옆으로 가서 개밥공기를 넌지시 들여다보았다. 아직도 밥이 한 절반이나 들어 있었다.

'여기서라두 국물을 좀 얻어 가야겠다.' 하고 어멈은 생각하였다.

개밥공기를 들어서 국물을 좀 죽그릇에 쏟으려 하니까, 다 자란 개는 제 밥을 안 빼앗기겠다고 어멈을 향하여 달려들었다. 그 서슬에 어멈이 들었던 밥그릇이 내려지면서 요란한 소리를 내며 깨어졌다. 단성이를 먹이려던 흰죽이 겨울날 언 땅에서 질펀하게 덮이어 거기서 김이 문문 났다. 어멈은 개를 너무 괘씸하다고 생각하였다.

"국 국물 조곰 얻어 갈래는데, 이 망할 놈의 개새끼."

하면서 그는 개밥공기를 개를 향하여 내갈기었다.

"이거 무얼 또 새벽부텀 깨뜨리니?" 하는 주인 아씨의 쨍한 목소리가 부엌에서 들리어 오고, 그의 찡그린 얼굴이 부엌문 앞에 나타났다.

밥공기로 얻어맞은 개는 저도 지지 않겠다는 듯이 달려들어 어멈의 팔을 덥썩 물었다. 어멈은 통분과 본능적 자위심과 복수심으로 온몸이 떨리었다. 그의 앞에는 세상도 없고, 아무것도 없고 다만 개 한 마리가 보일 따름이었다. 어멈은 달려들어 개 허리를 두 다리새에 끼고 언 땅에 뒹굴었다. 그리고 그 억센 이로 개 몸뚱이를 닥치는 대로 물어뜯었다. 어멈이 개한테 물린 팔에서 피가 흐르고 개 몸뚱이에서도 이곳 저곳 어멈에게 물린 곳에서 피가 흘렀다. 피투성이가 된 두 동물은 미친 듯이 서로 씩씩거리면서 뜰 위에 뒹굴었다. 주인 아씨는 이 갑작스런 소란에 어찌할 바를 모르고 발을 동동 굴렀다. 여인들이 갑자기 이상한 일, 무서운 일을 당하면 아뜩해져서 어찌해야 할는지 모르고 선 자리에서 뱅뱅 도는 법이다. 아까운 개가 죽지나 않을까 겁나서 가서 뜯어 말리고 싶었으나, 섣불리 굴다가 자기도 물리거나, 또 옷에 피칠을 할까 겁이 나서 그러지는 못하고, 그냥 두 팔을 벌리고 선 채,

"어멈, 왜 미쳤나?" 하고 빽빽 소리만 질렀다.

사람에게 악이 난 후에는 못할 일이 없다. 시골 사람들이 산골에서 밤에 호랑이와 싸워서 이긴다는 이야기도 가끔 듣는 바이다. 어멈에게도 이 악이 한번 발하매(그 악은 사십 년 동안이나 그 큰 몸뚱어리 어느 구석엔가 배기어 있으면서도 아직 한 번도 폭발되어 나오는 때가 없었던 것이 오늘 이 위기를 당하매 그것은 온갖 위력을 가지고 폭발된 것이다.) 그 악은 개 한 마리를 물어뜯어 죽이기에는 족하였다. 물론 어멈도 여기저기 여러 곳을 그 개에게 물리었다. 어멈 의복은 새빨갛게 피로 물들었다. 개가 이미 맥이 없어져서 어멈이 하는 대로 내버려두고 대항을 못하는 것도 인식하지 못하면서 그냥 개를 물어뜯던 어멈이 우연히 마당 한가운데 허옇게 얼어 붙은 흰밥에 고깃국을 보았다. 그에게는 단성이 생각이 스치고 지나갔다. 그는 미친 듯이 소리를 지르며 늘어진 개 몸뚱어리를 내버리고 그곳으로

달려갔다. 피투성이가 된 손으로 그 개밥 얼어붙은 것을 긁어모아 쥐고, 나는 듯이 그는 행랑방으로 나아갔다. 방문은 아까 열고 나간 채로 열려 있었다. 방 안은 바깥처럼 추웠다.

"단성아! 자, 흰밥에 고깃국 가져왔다…… 얘, 단성아! 단성아!" 하는 어멈의 말소리는 너무 컸다.

단성이 입에서는 영 대답이 없었다. 그의 곱게 감은 눈은 영영 다시 뜨지 않기 위하여 마지막으로 감은 것이었다. 정신 나간 어멈은 달려들어,

"얘, 단성아!"를 부르면서 그를 끌어안고 뒹굴었다. 이때에야 행랑까지 쫓아나온 아씨는 무서워서 방 안에는 못 들어가고 문 밖에서 오돌오돌 떨면서 이 광경을 바라다보고 있었다.

'이게이 흰밥이가, 어데?' 하는 원망 섞인 목소리를 어멈은 들었다. 어멈은 단성이 몸을 흔들었다.

"얘, 또 말해라, 엉."

그러나 단성이는 대답이 없었다. 어멈은 단성이 목소리가 대문 밖에서 나는 것을 들었다. 어멈은 대문 밖에서 단성이가 깨끗한 흰옷을 입고 서 있는 것을 보았다. 어멈은 단성이 시체를 던지고 문 밖으로 뛰어나갔다.

어멈은 피투성이가 된 치마를 내두르면서,

"단성아! 단성아!"를 부르며 큰거리로 달음박질해 나아갔다.

추 물

언년이가 아기를 뱄다는 일은 언년이 자신이 생각할 적에도 거짓부렁처럼 생각되었다.

언년이를 한 번만 본 사람이면 누구나 다 언년이가 아기 뱄다는 소문을 들으면,

"원 그것두 그래두 서방이 있는 게지, 하하."

하거나,

"아니 세상에 그걸……."

하거나 하고 무슨 큰 기적이나 발견한 듯이 서로 권하고 웃었을 것이다.

그처럼 언년이는 얼굴이 못생기디못생긴 추물이었다. 툭 불거진 이마가 떡을 두어 말 치리만큼 넓은데다가 그 밑에 툭 불거진 두 알의 왕방울 눈은 금붕어를 연상시키었다. 두 눈이 툭 불거진 사이로 콧마루는 아주 없는 셈이어서 이른바 '꺼꺼대 상판'인데다가 편편하게 내려오던 코가 입바로 위까지 와서는 몽톡하게 솟아오른 콧잔등이 좌우쪽으로 개발코가 벌룩벌룩하였다. 윗입술은 언청이가 되어서 왼편이 버그러졌는데 아랫니는 뻐드렁니가 되어서 언제나 입을 꼭 다물 수는 없는 형편이었다. 턱은

웬일인지 앞으로 쭉 내뻗치어서 고개를 숙인다고 해도 남보기에는 언제나 쳐들고 있는 듯이 보이는 것이었다.

서양서는 언젠가 추물대회를 열어서 가장 밉게 생긴 여자를 뽑아 추물 여왕을 삼고 무슨 상을 주었다던가 어쩐가 하거니와 우리 언년이가 그때 그 대회에 참석할 수만 있었던들 여왕은 떼어 논 당상이었을 것인데 명색 없는 조선에 태어났기 때문에 그런 대회가 열렸었던 것을 알지도 못하는 것이었다.

조물주가 하도 할 일이 없어서 갑갑했던지 이런 실없는 장난질을 한 모양인데 그래도 그 얼굴에서 취할 데가 있다면 그 두 귀일 것이다. 자세히 보면 그 두 귀는 보통 귀 이상으로 곱게 생긴 귀이었다. 그러나 도리어 이것이 미운 얼굴의 조화를 깨뜨리어 그 얼굴을 더한층 밉게 만든 것이었다. 차라리 그 귀가 넓적 편편하고 좀더 올라 붙거나 좀더 내려 붙거나 했던들 얼굴의 조화는 망치지 않았을 것이다.

예수는 이천 년 전에 '사람을 외모로 비판하지 말라'고 가르쳤지만 '원수를 사랑하라'한 그의 가르침이 지상 공문으로 내려온 것과 마찬가지로 이 진리의 가르침도 또한 시행되어 보는 일이 없는 것이었다. 역시 사람은 무엇보다도 먼저 외모를 보는 것이고 외모가 훌륭하면 속에는 개차반을 품고 다녀도 높은 사람이 되었고, 특히 여자에 있어서는 얼굴의 아름다움이 거의 그 일생을 결정 짓는 가장 중요한 요소로 되어 있는 이러한 세상에서 추물인 우리 언년인 불행할 수밖에 별수가 없었던 것이다.

어려서부터도 언년이는 별명도 많았다. 토끼니, 꺼꺼대니, 개발코니, 황소니, 언청이니 하는 별명들로 불리었고 서울로 와서는 다시 원숭이니, 금붕어니 하는 새로운 별명을 더 얻었다. 사람은 어릴 때부터 벌써 불구자나 추물의 불행을 멸시와 놀림감의 가장 좋은 대상으로 삼는 잔인성과 비열을 누구나 가지고 있다. 아마 자기는 그래도 저것보다야 낫지 하는 일종의 열등감의 소유자가 만족을 얻는 데 희열을 느끼는 모양이다.

물론 언년이는 아주 어려서부터 이 놀림을 받아 왔다. 그러나 어려서는 그녀가 자기 얼굴이 그처럼 못난 데 대해서 별로 큰 설움을 느끼지는 않았었다. 동무들이 하도 따라다니며 놀려 대면 한바탕 싸우고 나서는 잠시 훌쩍거리기도 했으나 오 분이 지나가기 전에 모두 잊어버리고 또다시 그 짓궂은 애들과 더불어 숨바꼭질도 하고 땅재먹기도 하고 하는 것이었다.

언청이가 된 입으로 음식을 먹는 것을 보고 '토끼새끼처럼 흐물흐물 먹는다.'고 할아버지가 머리를 쓰다듬으면서 웃음의 말씀을 하던 그 시절이 어느덧 지나가 버리고 동리 총각들이 꼴을 베다 말고 모여 앉아서,

"언년이 말이냐? 토끼처럼 흐물흐물 먹는 꼴이란!"

하고 박장대소를 하는 시절이 이른 때 차차 언년이는 자기 얼굴에 대한 관심이 갑자기 더럭더럭 자라 가는 것이었다.

그러다가 그녀가 자기 얼굴이 그처럼 못난 것이 너무도 설어서 차라리 죽어 버렸으면 하고까지 생각하게 된 때는 그녀가 열여섯 살 나던 봄이었다.

언년이가 물동이를 이고 오다가 먼발치로라도 그 총각이 보이면 혼자서 얼굴을 붉히고 다리가 허둥허둥하여 어쩔 줄을 모르게 되고, 개나리꽃 울타리 안에 숨어 서서 앞길로 지나가는 그 총각을 몰래 도둑질해 내다보면서 볼록볼록하는 가슴을 두 손으로 누르고 있었던⋯⋯ 그 총각의 입으로부터서,

"흥! 꼴에다가! 우물에 가서 네 상판대길 비춰 봐라."

하는 싸늘한 비웃음을 받고 난 그날 밤에 언년이는 그 우물에다가 얼굴만 비춰 볼 것이 아니라 자기 몸 전체를 던져 버리고 싶어졌던 것이다. 그러나 그렇게까지 할 용기는 나지 않고 그냥 집 뒤 언덕을 타고 졸졸졸 흐르는 작은 시냇물 속에 비친 둥근 달에다가 그 미운 얼굴을 들이밀어 보고 보고 하면서 밤새도록 치마끈을 적시었던 것이다.

언년이의 부모도 언년이를 시집 보낼 일이 적이 걱정이 되었던 모양이었다. 그래서 꽤 일찍부터 매파를 내세워 먼 동리로 구혼을 시작했던 것

이었다. 그들도 같은 동리 안에서는 언년이를 데려갈 총각이 없는 줄을 잘 알았기 때문에 먼 동리 모르는 곳으로 시집을 보낼 심산이었던 모양이었다.

"그저 복스럽게 생겼쉐다. 남자루 태어났더라문 주원장이나 상산 됴자룡이가 됐을 상이디요. 그런데 네자루 태어났으니깐 집안 범절에 오죽하갔쉐까! 그까짓 상판이나 빼빼하문 멀 합네까? 그저 후해야디요. 부잣집 맏메누리깜입넨다. 일 년 내낸 가야 고뿔 한번 안 씻구 아홉에 나맹선부툼 글쎄 밥짓구 농사하구. 하루같이 조밭 김을 홈차서 맸대문 그만 아니요! 어디 뿐인가요. 바느질을 또 어떻게 곱게 하는디! 칠골 아낙을 다 뒈봐야 언년이만큼 바누질하는 체니가 하나투 없디요. 자, 이걸 좀 보소. 이게 그 체니 솜씨웨다가레!"

이렇게 매파는 언년이를 묘사하는 것이었다. 그리고 언제나 언년이가 바느질한 저고리를 견본으로 가지고 다니면서 실물을 구경하라고 펴놓곤 하는 것이었다. 사실 언년이 바느질은 그 동리에서 유명할 만큼 고운 바느질이었다. 얼굴로 올 재주가 모두 손가락으로 갔는지, 누가 보든지 언년이가 바느질을 그렇게도 곱게 하리라고는 생각도 못할이만큼 뛰어나는 바느질이었다. 물론 몇 해를 두고 밤을 새워 가며 배운 연습의 결과이었다. 언년이 어머니는 벌써부터 언년이의 살림 밑천은 오직 '일 잘 하는 것'이리라는 것을 간파했던지 아주 어렸을 때부터 심하게 언년이를 가르쳐 주었던 것이다.

언년이의 바느질 솜씨 견본인 그 저고리가 몇백 번이나 총각을 둔 집 안방에 펼쳐졌었는지는 오직 그 매파 늙은이 혼자만이 아는 일이다. 매파의 노력이 성공을 했는지 또 혹은 언년이의 바느질이 성공을 가져왔는지 하여튼 백 리나 밖에 있는 어떤 농가와 혼사는 성립되었던 것이다.

그러나 첫날밤에 언년이는 소박을 맞고 말았다. 첫날밤 신방을 뛰쳐나간 신랑은 언년이와는 마주앉기도 싫어하였다. 언년이는 생과부로 있으면서 소처럼 일하였다. 사실 그녀는 소처럼 건강하였고 소처럼 꾸준했고 소처럼 누그러져 있었다. 기회만 주었더라면 소처럼 젖도 듬뿍 내었을 것을!

이리하여 언년이는 남편이 일본 오사카인가 어딘가로 간다고 집을 나가 버린 후에도 시부모를 모시고 여러 해를 살았다.

아무리 황소 같기로니, 아무리 꺼꺼대거니, 아무리 개발코거니, 아무리 언청이거니 그녀도 젊음과 건강이 용솟음치는 한 개의 여자이었다. 날이 갈수록 그녀는 생애의 공허를 느끼고, 남편을 원망하는 마음, 사내를 그리는 마음, 미지의 새 세계를 그리워하는 마음이 자꾸만 늘어나 가는 것이었다.

"팔젤 고티야갔수다."

하고 사주쟁이 늙은이까지 탁 터놓고 이야기해 주었다.

언년이로서 팔자를 고친다는 오직 한 가지 길은 여러 해 전부터 서울 가 살고 있는 일가집을 찾아가는 일이었다. 언제나 장날처럼 사람들이 득시글득시글 뒤끓는다는 서울로 가 보면 그렇게 사람이 많다니까 자기의 미운 얼굴도 그리 유표스럽게 눈에 띄지도 않을 성싶었고 또 그렇게 떠들썩한 속에 묻혀 살게 되면 컬컬한 심화도 좀 나아지리라고 생각되었던 것이다.

그래서 언년이가 조그만 보따리를 한 개 꾸려 이고 시골 정거장에서 경성행 기차에 몸을 실은 것은 재작년 어떤 봄날이었다.

서울에는 창경원 벚꽃 구경이 한창이라고 사람 사태가 날 지경이었다. 정거장에 내리니 저고리에 빨간 헝겊 오라기들을 하나씩 꽂은 시골뜨기 남녀들이 하나 가득 차 있어서 어디로 가야 나갈 문이 나서는지 알 수 없었다. 그러나 다행히 봉네 어미(이 여자는 언년이의 사촌형뻘이 되는 사람이었다.)가 정거장까지 마중 나와 주었기 때문에 고생 안하고 찾아갈 수가 있었다.

언년이는 자기도 다른 사람들처럼 빨간 헝겊 오라기를 하나 얻어 가슴

에 꽂고 싶었으나 봉네 어미 수다 바람에 어리둥절한 채로 밖으로 끌려
나오고 말았다.

"언년이, 서울 구경 첨이디! 너이 새수방한테선 상게두 아무 소식두
없니? 데건 관광단이야, 촌에서 꽃구경을 오누라구. 우리두 오늘 밤엔
창경원에나 가야디. 이 구름다리루 올라가야 돼. 넘어디디 말구, 발 아랠
잘 보라구, 응! 차푀 어드캣나? 꺼내 들구 있다가 주구 나가야 되니
……."

서울 와 사는 지 오 년이 넘었건만 봉네 어미는 시골 사투리를 떼어 버
리지 못한 것이었다.

"더게 데건 뎐차디! 이제 또 데 뎐찰 타구 한참 가야 우리 집이 돼.
데 집덜 말이가? 데까지 꺼이 무어 큰가? 이제 두구 보라우. 참 훌륭한
집이 많디. 이제 차차 다 구경하디."

이 모양으로 서울 구경 첨 하는 언년이보다 봉네 어미가 더 신이 나서
지껄이는 것이었다. '이 모든 훌륭한 것들을 나는 벌써 모두 다 잘 알고
있다.' 하는 자랑스러운 마음이 언년이 앞에서 걷잡을 수 없이 발동되었
기 때문이다. 아마도 봉네 어미로서는 이렇게 남 앞에서 뽐내 본 일이 일
생에 이번 한 번밖에 없었다고 말할 수 있었을 것이다.

그날 밤으로 언년이는 봉네 어미와 그 밖에 처음 보는 여자들 몇몇이
함께 창경원 벚꽃 구경을 갔다.

말이 꽃구경이지 사실인즉 사람 구경을 가는 것이라 하지만 하여튼 사
람이 그렇게도 많이 한곳에 모인 것을 처음 보는 언년이는 그저 입을 헤
하니 벌리고 섰을 수밖에 없는 것이었다.

몇 해 전에 한번 예수쟁이 양귀자가 왔다고 온 동리가 떠들썩할 적에
키가 구 척이나 되고 홀태바지를 입은 사람이 머리는 노랗고, 눈은 새파
랗고…… 그야말로 그날 밤 꿈자리가 다 사납도록 괴상스럽고 무서운 양
귀자를 한번 본 일이 있는 언년이에게는 그 수없는 양귀자 남녀들이 서로
맞붙잡고 (원 망측두 하디) 궁둥이를 들썩거리면서 돌아가는 그림이 하얀

휘장 위에 번뜩번뜩 나타나는 것도 참으로 이상스럽고 재미있는 구경이려니와 얼굴에 분을 하얗게 바른 처녀애들이 낮같이 밝혀 논 무대 위에 나타나서 나붓나붓 춤도 추고 카랑카랑 노래도 부르고 하는 광경이야말로 천상 선녀가 하강한 것이어니 하고 멀거니 바라다보고 서 있었다.

이렇게 정신이 팔려 바라다보고 서 있을 적에 갑자기 그녀는,

"애고머니나!"

소리를 지르도록 놀라면서 몸을 흠칫하였다. 그때 그녀가 어떤 감촉을 받고 그렇게 소스라치게 놀랐는지 언년이 자신으로도 꼭 집어서 그 감촉을 묘사할 수는 없었다. 그저 한 손이 짜르르하는 것 같았다. 그것은 다만 한순간에 지나지 않는 것이었다. 그녀가 자기 몸을 돌아볼 적에는 벌써 그렇게 짜르르한 감촉을 준 원인이 어디 있었는지 알 수 없었다. 그녀는 손잔등을 가만히 다른 손으로 만져 보았다. 오늘 따라 그 손잔등은 몹시도 매끄러운 것처럼 느껴졌다. 그리고 그 어떤 억센 손에서 꼭 쥐어지는 그 짜르르한 감촉이 몹시 그리워지는 것이었다. 그녀는 가만히 손을 내려 치마폭에 쌌다. 그러나 그 몹시 짜르르한 감촉의 기대는 그녀의 온몸을 폭풍처럼 휩싸 버리는 것이었다.

이제 그녀는 무대 위에 나타나는 온갖 신선놀음에서 정신이 떠났다. 그녀의 눈은 그냥 한 무대 쪽을 쳐다보고 있었지마는 그녀의 전 신경은 손잔등으로 모이는 것 같았다. 아니 손잔등뿐 아니라 그녀의 전신의 피부로 전 정신이 집중되는 것 같았다. 슬쩍 누가 몸을 스치고 지나갈 때마다 그녀는 몸을 바르르 떨었다. 이렇게 정신이 피부로 집중이 되고 보니 그녀를 스치고 지나가는 사람은 퍽 많은 것을 느끼었다. 때로는 팔과 팔이 맞닿도록 일부러 옆에 바싹 다가서 보는 남자도 있었다. 또 때로는 남자의 숨결이 그녀의 귀 밑으로 바싹 스치는 것을 감각할 수도 있었다.

언년이는 지금 자기가 어디에 있다는 것까지 잊어버리게 되었다. 어쩐지 자기는 지금 이 세상에서 가장 어여쁜 색시가 된 것처럼 생각되었다. 그리고 저편 어디서 세상에 둘도 없을 귀공자가 자기를 기다리고 있는 것

처럼 생각되는 것이었다. 언년이 자기는 지금 큰 정승의 외딸로 연당에서 글을 읽고 있고, 귀공자는 방금 담장에 드리운 무명필을 타고 넘어 들어오는 것 같은 환상을 느끼었다. 바로 그때,

"그 색시 맵시 곱다."

하고 바로 누가 귀 밑에서 속삭이는 것이었다. 언년이는 그 자리에 자지러져 버릴 듯싶었다.

"저리 좀 갑시다."

하는 속삭임이 또 뒤에서 났다. 그것은 무명필을 타고 넘어 들어온 귀공자의 부드러운 속삭임이었다. 언년이는 꿈에 걷는 사람처럼 사람들 틈을 이리저리 피하여 빠져 나왔다. 그 귀공자가 어디서 그녀를 기다리고 있는가? 그것은 생각할 여지도 없었다. 오직 황홀한 환상 속에서 그녀는 사람이 적은 으슥한 곳으로 향하여 발을 옮겨 놓았다. 오직 바로 옆으로 어떤 사내가 따르고 있다는 것만을 인식하면서.

언년이가 전등불로 장식해 놓은 환한 꽃가지 아래 이르렀을 때 비로소 그녀는 자기 혼자뿐임을 인식하였다.

"에, 재수없다, 히히히."

하면서 두 남자가 급히 저편 어두움 속으로 사라지는 것이 보이었다. 바로 그 목소리는 조금 전에,

"저리 좀 갑시다."

하던 그 귀공자의 목소리가 아니던가!

그러나 바로 등뒤에서 이번에는,

"얘, 여기 하나 있다. 임을 홀로 기다리는가, 허허허."

하는 소리가 나더니 검은 제복을 입고 사각모자를 쓴 청년 셋이 언년이를 둘러싸다시피 하고 모여들었다. 그러나 바로 그 다음 순간,

"에키!"

하더니 세 학생은 뒤로 물러섰다.

"괴물일세, 괴물이야."

"그 꼴에 그래두 바람은 들어서……."

"하하하."

세 학생은 이런 소리를 주고받으면서 저편으로 가 버렸다.

지금까지 아름다운 꿈속에 들었던 언년이의 환상은 산산이 부서지고 말았다. 그녀는 부지중 손으로 자기 얼굴을 만지어 보았다. 특히 언청이 된 입술이 먼저 만져지는 것이었다. 자기는 정승의 딸도 아니요, 연당에서 임을 기다리는 미인도 아니요, 꺼꺼대요, 언청이인 추물로서 소박맞고 갈 데 없어서 서울로 올라온 자기인 것이었다.

그녀는 갑자기 그 웅성웅성하는 사람 떼가 미워졌다. 조금 전까지 선녀들처럼 보이던 그 분 바른 계집애들은 더한층 미웠다. 그녀는 이 수많은 군중으로부터 멀리멀리 떠나 버리고 싶었다. 그녀는 꽃나무를 떠나서 사람들 없는 어둑신한 곳을 향하여 달려갔다. 얼마 안 가서 밧줄로 막아서 더 못 가게 된 데에 이르러서 그녀는 풀밭에 펄썩 주저앉았다. 그러고는 하염없이 울었다.

"어머니는 나를 왜 낳았던고?"

하고 그녀는 자기를 세상에 낳아 준 어머니를 원망하였다.

"서울은 또 무얼 먹갔다구 왔던고?"

하고 자기 자신도 원망하였다.

언년이의 울음은 풀밭에서 '잃어버린 사람 수용소'로 옮겨 가고 다시 거기서 그 이튿날 아침에야 봉네 어미집으로 옮겨 갔다. 그는 봉네 어미의 집 주소도 몰랐던 고로 봉네 아버지가 찾으러 올 때까지 수용소에 머물러 있지 않을 수 없었던 것이다.

"꽃구경이 훌륭하던가?"

하는 봉네 할머니 말에 언년이는,

'다시 꽃구경 가는 년은 개딸년이다.'

하고 혼자 속으로만 대답하였다.

"숙자 어머닌 남편 뺏길 염려는 통 났구려."

"호호호, 그래두 일은 참 잘 한다우."

"그래두 좀 웬만해야지. 그건 너무 못났어. 난 꿈자리 사나울까 봐 걱정인데!"

언년이가 일하고 있는 주인 댁에 놀러 온 양장미인이 주인 아씨인 숙자 어머니와 이렇게 주고받고 하는 이야기를 언년이는 뜰 한 모퉁이에서 빨래를 하면서 모두 들었다. 언년이는 서울 온 지 두 달 만에 이 집 식모로 들어온 지 지금 며칠 안 되었다.

"흥, 내 원, 별꼬락서닐 다 보갔네. 제가 도깨비처럼 채리구 댕기는 년이 남의 흉보구 있네. 상판대기나 빤빤하문 머이나 되나!"

안방의 화제가 언년이 자신을 중심으로 전개되었다는 것을 알게 되자 언년이는 혼자 이렇게 중얼거렸다.

"나두 첨엔 너무 꼴이 사나워서 그만 내보낼라구 그랬다우."

이것은 주인 아씨의 목소리였다.

"그래도 그이가(아마 남편을 가리키는 모양) 불쌍한데 두어 두라고 해서…… 그래서 두어 보니 일은 참 잘 해요. 또 튼튼하구 부지런하구 …… 또 그리구 며칠 봐나니깐 이제는 눈에 익어서 그리 과히 숭치두 않은걸."

"어디 시골서 왔대지?"

양장미인의 목소리.

"응, 시집 가던 첫날밤……."

하더니 그 아래는 소곤소곤 잘 들리지 않고 조금 있더니 하하하 히히히 호호호 하는 큰 웃음소리가 터져 나왔다.

"봉네 어미가 모두 주둥이질을 해 놔서……."

하고 언년이는 분노가 치밀어 오르는 것을 겨우 참으면서 다시 혼자 중얼거리었다.

"일 잘 해 줬으문 됐디. 상판타령들은 왜 하누!"

그러면서도 언년이는 이 끓어오르는 분노를 겉으로 발표할 수는 없었다. 그녀는 아무러한 모욕이라도 달게 받으면서 붙어 있어야 밥을 얻어먹을 수 있는 것을 지나간 두 달 동안에 너무나 역력하게 경험한 것이었다. 그것은 지나간 두 달 동안 그녀는 조금도 과장없이 열일곱 집을 경유하여 마침내 이 집에까지 온 것이었다. 그녀는 식모로 들어간 지 하루나 이틀만에 으레 쫓겨 나오곤 한 것이었다.

"글쎄 일이야 어떨는지 모르지만, 이게야 꺼꺼대에다 언청이, 또 그홍홍하는 말소리야 어디 들어 줄 수 있어야지."

해서 퇴짜놓는 아씨,

"언청이 된 건 그래두 괜찮은데 원숭이 밑구멍처럼 얼굴이 왜 그래?"

해서 내보내는 아씨,

"여보, 일보다두 손님들 오문 챙피해서 안됐쉐다."

해서 내보내도록 아내에게 명령하는 사랑 나리.

이리하여 언년이는 이틀 만에나 사흘 만에나, 고작 오래야 닷새 만이면 다시 봉네 어미집으로 어정어정 기어들곤 하는 수밖에 없었던 것이다.

무엇보다도 봉네 어미가,

"오죽하문야!"

하고 웃곤 하는 꼴에는 창자가 모두 비틀어지는 듯싶어서 견딜 수 없는 노릇이었다. 그래서 이제는 어떻게 해서든지 다시는 봉네 어미집으로 찾아들지 않도록 해야겠다고 마음을 다지고 또 다져 가면서 그녀는 주인에게 잘 보이려고 부지런히 일을 해 주는 것이었다.

여름도 어느덧 다 지나가고 가을이 된 어떤 일요일이었다. 주인 내외는 방금 걸음발을 떼는 숙자를 데리고 문 밖으로 놀러 나간다고 나가고 언년이 혼자서 집을 지키고 있었다.

그녀는 아깝도록 곱게 하는 그 바느질로 주인 나리의 양말 구멍을 꿰매고 앉아 있었다.

그러나 이날에 한하여 그녀의 바느질은 조금도 곱게 되어지지 않았다. 마치 여름내 몸이 빨아들였던 더위를 한목에 발산해 버리려는 듯이 그녀의 전신은 열정으로 끓어오르는 것이었다.

"일생을 혼자 지내리라, 혼자 지내리라!"

하고 결심하는 것은 매일 저녁 자리에 누울 때마다 있는 일이었다. 그러나 몸뚱어리의 자연스런 욕구는 그렇게 쉽사리 눌려지는 것이 아니었다. 여름내 그녀는 이 욕구와 싸워 온 것이었다. 푹푹 찌는 더운 방에서 빈대와 씨름하노라 밤을 밝히면서도 가끔 주인 내외가 나란히 누웠을 생각이 머리에 떠오르면 그녀는 한참이나 멀거니 두 손에 머리를 파묻고 앉아 있는 것이었다.

빨랫감으로 주인 나리의 옷이 나오면 어떤 때 그녀는 몰래 그 남자 옷을 힘껏 움켜쥐어 보는 때도 있었다. 어떤 때는 밥상을 들고 들어가다가 주인 나리의 숨결이 갑자기 높아지는 것 같은 환각이 생기어 쓰러질 뻔한 때도 있었다. 그렇다고 언년이가 이 주인 나리에게만 욕정을 느끼는 것은 아니었다. 때로는 매일 물을 길러 오는 그 텁석부리 물지게꾼이 몹시 그리운 밤도 있었다. 또 어떤 때는 비옷장수, 사랑에 간혹 찾아오는 남자 손님, 심지어 어떤 때는 대변 퍼 가는 늙은이를 그리워하는 때까지 있었다. 또 때로는 생전 처음 보는 남자와 한자리에 자는 꿈을 꾸고 소스라쳐 깨는 때도 여러 번 있었다.

"내가 이다지도 음탕한 년인가?"

하고 혼자 얼굴을 붉히고 저 자신을 책하는 때가 많았다. 그러나 콧구멍만한 뜰 하나를 격한 안방에서는 지금 주인 내외가, 하는 생각이 들 때마다 그녀는 싸늘한 벽을 안아 보려고 팔을 허우적거리는 것이었다.

가을이 되면서 언년이는 더한층 이 욕구의 비등을 억제할 수 없는 것이었다.

이날도 그녀는 양말을 꿰매고 앉아서 특히 한가한 틈을 타는 이 악마의 유혹 앞에 몸을 떨고 있었다. 남자의 양말을 손에 잡기만 해도 온몸의 근육이 떨리는 듯싶었다.

이때다.

"대문 열우!"

언년이는 자기 귀를 의심하였다. 분명 남자의 목소리였다. 더구나 귀에 익은 목소리였다.

그녀는 벌떡 일어섰다. 그러나 웬일인지,

'대문을 열면 큰 죄를 저지른다.'

하는 예감이 그녀를 붙잡았다. 그녀는 주저주저하였다.

대문이 덜컹덜컹한다.

"대문 열어요."

또다시 그 목소리다. 언년이는 자기 자신도 무엇을 하는지 모르게 고무신을 짝짝이 끌면서 나가 대문 빗장을 덜컥 빼었다.

대문이 열리자 텁석부리 영감은 물지게를 모로 돌리면서 대문 안으로 들어왔다. 언년이는 공연히 혼자 부끄러워서 고개를 숙였다. 그러고는 금시에 또 서운해지고 허전해졌다.

"오늘은 퍽 일르우."

하고 언년이는 물지게꾼을 따라 부엌으로 가면서 태연하게 말을 건넸다. 텁석부리는 그 소리를 들었는지 못 들었는지 아무 소리 없이 독에다 물을 주룩주룩 부어 넣더니 빈 지게를 지고 마당으로 나왔다.

"주인들은 모두 어디루 갔나?"

하고 텁석부리는 혼잣말하듯 말하였다.

"오늘 공일이라구 문 밖으로 소풍나간다구 애기꺼정 데리구 나갔다우."

"문 밖으로? 그럼 쉬 안 들어오시겠군!"

하고 텁석부리는 또 혼잣말하듯이 중얼거리었다.

"저녁꺼정 자시구 들어오신답데다."

"흥, 혼자 집보기 무섭지 않은가?"

텁석부리는 역시 혼잣말하듯 중얼거리면서 대문께로 갔다. 텁석부리는 대문을 열고 빈 물지게를 한 통 밖으로 먼저 내보내고 몸이 반쯤 대문 밖으로 나가더니 금시에 몸이 다시 안으로 들어왔다. 그러더니 물지게를 도로 들어다가 대문 안에 벗어 놓고서 대문을 닫고 안으로 바로 제집 대문 빗장 지르듯이 빗장을 질렀다. 언년이는 이때까지 여우에게 홀린 사람처럼 멀거니 보고만 있다가 텁석부리가 아주 안으로 대문을 잠가 버린 것을 보고서야 갑자기 정신을 차린 듯,

"왜 그라우?"

하고 눈을 크게 뜨고 보았다. 텁석부리는 아무 소리도 없이 언년이를 향하여 벙긋 웃어 보였다. 언년이는 오직 그 싯누런 이빨을 알아볼 수 있을 따름이었다. 언년이는 갑자기 몸을 날려 달아났다. 고무신이 한 짝 벗겨져서 땅에 구르는 것도 깨닫지 못하고 언년이는 단숨에 자기 방까지 뛰어 들어갔다.

이 이야기 맨 시초에 말한 아기 뱄다는 것은 곧 언년이가 텁석부리 물지게꾼의 씨를 배 안에 키우고 있었다는 것이다.

일요일 낮에 그 일이 있은 후로 텁석부리는 영 부지거처가 되고 말았다.

집에 물이 없어서 '그 망할 놈의 텁석부리 영감'을 애가 타게 찾아다니는 것으로 외면에는 보였으나, 기실 언년이 내심에는 남 모르는 초조와 절망과 비애가 차 있는 것이었다. 그러나 텁석부리는 다시 나타나지 않았다. 물은 다른 지게꾼에게 사 먹기로 교섭이 확정되어 문제는 귀결되었지만 언년이 가슴속 비밀은 귀결을 못 짓고 있었다.

그 일요일 밤새도록 언년이는 얼마나 그날 낮에 생겼던 일을 되풀이해 생각해 보았으며 또 얼마나 장래에 대한 단꿈을 꾸어 보았던고! 언년이는 이전부터 그 텁석부리는 홀아비라는 말을 어디선가 들어서 알았던 고로 이미 이만큼 일이 된 이상 그와 행랑살이라도 살림을 오붓하게 한번 차려 보리라 하는 달콤한 공상에 담뿍 취해 있었던 것이다. 그런데 이틀이 못 가서 그 꿈은 산산이 부서져 버리고 만 것이었다.

'그 망할 놈의 뒤상.'

하고 언년이는 혼자 욕을 하면서도 그래도 가끔 가다가 집이 비고 혼자서 집을 보고 있게 되는 날은 속으로 은근히 또 그 일요일처럼,

'대문 열우.'

하는 텁석부리 목소리가 금시에 들려 올 듯도 싶어서 안절부절을 못하는 때가 많았다. 그러나 날이 자꾸 흘러서 첫눈이 내리게 된 때 언년이는

'이제는 그 뒤상을 다시 찾을 도리는 영영 없구나. 나를 버리구 갔구나.'

하는 사실을 확실히 인식하게 되는 그와 동시에,

'그 망할 녀석이 씨를 내 속에 넣어 주었고나.'

하는 인식이 또한 부인할 수 없는 사실로 되고 말았다.

새로운 한 생명이 자기 몸 속에서 나날이 자라나고 있다는 인식을 얻게 되자 언년이는 때로는 몹시 기쁜 또 때로는 몹시 우울한 감정이 교차되는 것을 금할 수 없었다. 그 새로운 생명의 아버지를 생각할 때에도 어떤 날은 몹시 그립게 생각되었고, 또 어떤 날은 몹시 원망스럽게 느껴지고 또 어떤 때는 아주 막 미워서 앞에 보인다면 얼굴에 침이라도 뱉어 줄 것처럼 서두를 때도 있었다. 그러나 차차 다시 봄이 되면서 주인 아씨의 입으로부터,

"참 이상한 일두 다 있지. 다른 사람이라면 꼭 애기를 뱄다구 하겠는데. 원 그럴 리두 없구. 알 수 없는 노릇이야!"

하는 소리를 듣게쯤 되어서는 언년이는 세상만사에 모두 흥미를 잃고 오직 절반 이상을 자란 어린애의 출생을 기대하는 초조스러움과 일종의 공포에 가까운 감정이 그녀의 가슴에 가득 차 있는 것이었다.

인제 그녀는 텁석부리가 다시 나타난다는 기대도 단념해 버리고 일편단심 뱃속에서 자라나는 어린것에 대하여 전 정신을 바쳤다. 그녀는 남들이 아비 모르는 아이를 낳았다고 비웃을 것도 두려워하는 바 아니었다. 자기도 다른 여자들처럼 아기를 낳을 수 있다 하는 이 기쁨은 넉넉히 그런 조

소를 코웃음쳐 버릴 만큼 강한 것이었다.

　그러나 그녀는 차차 이 장차 낳을 어린아기에 대한 여러 가지 세세한 조목을 붙여서 생각하기에 이르렀다. 그리하여 마침내 그녀는 밤마다 남몰래 냉수를 떠 놓고 칠성님께 빌기를 시작하였다.

　그녀가 칠성님께 비는 조목은 대개 아래와 같았다.

　그녀는 아들은 싫다 하였다.

　꼭 딸을 점지하시되 그야말로 오래 전부터 주워 들은 대로 물 찬 제비 같고, 돋아나온 반달 같고, 양귀비 뒤태도 같은 그러한 일색을 보내 줍시사고 비는 것이었다.

　그녀는 세상에서 가장 어여쁜 딸을 낳아 보고 싶었던 것이다. 그것은 이 매정한 세상에 대하여 언년이로서 보낼 수 있는 오직 하나의 복수일 것이라고 그녀는 생각하는 것이었다. 한동리서 자라면서 어렸을 때부터 곱기 자랑을 하고 다니던 이쁜이보다도 더 고운 딸, 봉네보다도 더 고운 딸, 주인집 딸 숙자보다도 더 아름다운 딸을 낳고 싶었다. 그렇게 고운 딸을 낳아 가지고,

　"자, 보아라."

하고 봉네 어미 앞에 내밀고 싶었다. 주인 아씨 앞에 내대고 싶었다. 온 세상에 광포하고 싶었다. 그리만 된다면 그녀가 이때까지 이 세상에서 받아 온 온갖 조소도 모두 잊어버릴 수 있다고 생각되었다. 자기 자신이야 아무리 불행한 일생을 보냈더라도 세상에서 제일 어여쁜 처녀의 어머니 되는 자랑만 가질 수 있다면 넉넉히 위안이 되고도 남음이 있으리라고 생각하였다. 지금 그녀에게 있어서 이 세상 희망이라고는 오직 그것 하나밖에 없다고 단정하였다. 그녀의 온 장래가 여기에 결정 지어진다고 생각하였다.

　기적을 비는 마음! 그것은 우리 못나고 천대받고 조롱받고 무능하고 또 눌림받는 인간들의 공통된 기원인 것이다.

이러구러 어느덧 열 달이 차매 언년이는 봉네네 집 건넌방 윗목에 그렇게도 칠성님께 빌었던 딸을 순산하였다.

"에미나이로군."

하는 봉네 어미의 탄식소리는 언년이의 귀에는 음악보다 더 좋았다.

딸이다! 내 일생에 자랑이 될 어여쁜 내 딸이다. 내 일생 받아 온 천대와 조롱을 속해 줄 내 딸이다.

이렇게 생각하매 그녀는 자연 눈물이 흘러 내림을 금할 수 없다.

그녀의 눈물을 달리 해석한 봉네 어미는,

"아들이 쓸데 있나? 딸이 더 됴티."

하고 위로를 해주었다.

"어디 봐."

하고 언년이는 봉네 어미가 깜짝 놀랄이만큼 크게 소리를 버럭 질렀다.

그러나 봉네 어미가 쳐들어 주는 새 생명을 바라다보는 순간 언년이는,

"억!"

하고 외마디소리를 지르면서 눈을 감았다. 봉네 어미는 아기를 다시 옆에 뉘면서,

"제 에미 고대루군."

하고 웃음 섞인 목소리로 말하는 것이었다.

언년이는 앞이 캄캄해지는 것 같았다. 온갖 기대 온갖 꿈 온 생애가 그냥 산산이 부서져 버리는 것을 느끼었다.

그렇게도 백 날을 칠성님께 빌어서 낳은 딸이, 그렇게도 세상에 둘도 없이 어여쁜 딸이 되라고 상상하였던 것이 낳아 놓고 보니 언청이였던 것이다.

"언청이가 언청이를 낳았다. 하하하하!"

이렇게 세상이 언년이 들으라고 소리소리 지르는 것 같았다.

언년이는 그래도 자기 눈이 잘못 보지나 않았나 하여 다시 고개를 돌려 옆에 누워서 발깍거리는 어린 살덩이를 들여다보았다. 그녀의 눈앞에 뚜

렷이 나타나는 새로운 생명은 언년이의 일생의 부끄러움을 속해 줄 희망이 아니라 그 부끄러움에 새로운 부끄러움을 끼얹어 주는 한 개의 절망이었다. 아무리 바라다보아야 그 얼굴이 그 얼굴이었다. 눈도 못 뜨고 발깍거리는 아직 채 자리도 안 잡힌 그 얼굴이언만 윗입술이 둘로 갈라진 언청이는 너무도 뚜렷하였다. 더 자세히 들여다보면 콧마루도 언년이 모양으로 없었다. 더 자세히 보면 턱도 유난히 앞으로 삐죽 내민 것처럼 보이는 것이었다. 보면 볼수록 언년이 자신과 똑같이 생긴 것처럼 보였다.

그녀는 고개를 돌렸다. 생각하면 생각할수록 분하고 원통한 일이었다. 밖에서 간간이 사람들의 떠드는 소리와 웃는 소리가 들려 오면 그때마다 모두 언년이 자기와 또 어미를 닮고 세상에 새로 나온 이 새 생명을 조롱하고 비웃는 소리처럼만 생각되는 것이었다.

"추물이 추물을 낳았다!"

"하릴없이 판에 박아 낸 거야!"

"호호호호!"

언년이는 손으로 두 귀를 막았다. 그러나 그 조롱 소리는 더욱더 크게 그녀의 귀에 들려 오는 것 같았다. 눈을 감으면 웃는 얼굴들의 환영이 보였다.

봉네 어미의 웃는 얼굴! 숙자 어머니의 웃는 얼굴! 숙자 아버지의 웃는 얼굴! 텁석부리 물지게꾼의 싯누런 이빨!

그리고는 갑자기 밤에 혼자서 흘러 내리는 냇물가에 앉아서 미운 얼굴을 물 속에 어른거리는 달 속으로 비춰 보고 또 비춰 보면서 끝도 없이 울고 있는 처녀의 환영이 나타났다.

'저것이 자라나면 또 그러한 쓰라린 일생을 되풀이할 것이로구나.'

"차라리 애깃적에 가거라!"

하고 그녀는 혼자 중얼거렸다.

그녀는 가만히 옆에 있는 바느질 곱게 된 저고리를 들어 이 바둥거리는 아기를 푹 덮어 버렸다. 그러고는 그 억센 손으로 말랑말랑하는 살덩이를

지그시 눌러 보았다. 누르고 누르고 누르면서 그녀는 저도 모르게 중얼거
리는 것이었다.

"뒈데라, 뒈데라, 뒈데라!"

갑자기 아기의 발깍 소리가 그쳤다. 언년이는 몸서리 치면서 얼른 손을
떼었다. 바느질 곱게 된 저고리를 바라다보니 그 밑에 덮여 있는 아기가
그처럼 밉게 생긴 아기라고는 생각되어지지 않았다. 그녀가 지나간 반 년
동안 꿈꾸던 그런 아주 이쁜 아기가 바로 그 아래 누워 있을 것처럼만 생
각되는 것을 금할 수 없었다. 그 저고리가 달삭달삭하였다. 그러나 언년
이는 그 저고리를 다시 들치고 그 아래 누워 있는 아기 얼굴을 다시 들여
다볼 용기는 나지 않았다. 그녀는 고개를 돌렸다.

"그래두 자라나문 좀 나아디갔디…… 그래두 체니티가 나문 좀 고와
디갔디!"

하고 그녀는 중얼거렸다.

"그래두 좀 크문…… 그래두 좀 크문야 설마……."

하고 되풀이하고 또 되풀이하면서 언년이는 불어 오른 자기 젖을 두 손으
로 꾹꾹 눌렀다.

젖을 짜고 또 짜면서 그녀는 긴장이 탁 풀리는 것을 느끼었다. 온몸이
몹시 피곤함을 느끼었다. 그녀가 누운 자리가 젖에 젖어서 끈적끈적해지
는 것을 겨우 감촉하면서 그녀는 손을 더듬더듬하였다. 매끈매끈하는 아
기의 살을 그 억센 손에 감촉하면서 그녀는 스르르 잠이 들었다.

92

북소리 두둥둥

1

내 네 살 난 아들놈 장난감으로 북을 한 개 사다 주었던 것이 우리 집에서 밥 짓고 있는 복실이 어머니에게 그렇게도 큰 슬픔을 가져다 주리라고는 나는 꿈에도 생각 못했던 것이다.

2

복실이 어머니가 우리 집에 와 있게 된 것은 단순한 주인과 식모간이라는 그런 주종 관계로서는 아니었다.

복실이 아버지는 본래 내 큰삼촌과 죽마지우로 자란 사람이었는데 장성하자 북간도로 건너가서 번개처럼 찬란하고 떠도는 생활을 하다가 그만 총부리 앞에서 찬이슬이 되어 버린 호협한 사람이었다.

복실이 아버지가 그처럼 외지에서 횡사를 하자(그것이 벌써 이십 년 전 옛일이지마는) 과부가 된 복실이 어머니는 그때 여섯 살 나는 딸 복실이

와 또 바로 남편이 죽던 날 아침에 세상에 나온 아들 인선이를 데리고 조선으로 돌아와서 이리저리 방황하다가 마침내는 남편의 죽마지우인 내 큰삼촌 댁에서 식객처럼 들어 있게 되었다.

처음에는 식객처럼 와 있도록 했으나, 복실이 모는 그냥 앉아서 얻어먹고만 있기가 미안하다 하여 자진해서 부엌일을 돕기 시작하였다. 내 삼촌 모는 처음에는 부리기가 어렵다 하여 복실이 모가 부엌일 하는 것을 꺼리었으나, 그러나 날이 감에 따라 어색한 기분이 차차 줄고 혹시 이전 있던 식모가 나가고 새 식모가 아직 안 들어오거나 한 기간에는 복실이 모가 아주 식모격으로 일을 하게 되고, 이럭저럭하여 마침내는 복실이 모는 내 삼촌 댁에 한 부리우는 사람으로 자연화해 버리었다. 그래서 얼마 후에는 그에게 무보수로 일만 시킬 수 없는 일이라고 내 큰삼촌이 주창해서 일정한 월급까지 정해 놓고 나니 아주 복실이 모는 식모가 되어 버린 것이었다.

이래 이십 년간, 복실이 모는 오직 두 자식을 위해서 살아 온 것이었다. 딸은 몇 해 전에 함흥서 잡화상을 한다는 사람에게 시집을 보냈으니 그만했으면 시집을 잘 보냈다고 복실이 모는 만족해하고 있고, 인선이는 상업학교를 마치고 지금 어떤 백화점 점원으로 들어가서 일급 칠십 전을 받고 있으니 이 또한 복실이 모는 퍽이나 만족한 모양이었다.

그런데 복실이 모가 우리 집으로 옮겨 오게 된 내력으로 말하면 재작년에 삼촌이 강원도 강릉으로 솔가하여 이사를 가게 되었는데, 복실이 모는 될 수만 있으면 아들이 취직하고 있는 평양에 남아 있어서 아들과 함께 살고 싶다는 희망이어서 우리 집으로 옮겨 오게 된 것이었다. 그때 마침 우리는 처음으로 어린애도 생기고 해서 내 아내가 혼자서 쩔쩔매던 판이라 복실이 모가 오겠다는 것이 결코 싫지 않았다. 그래서 복실이 모는 우리 집에 와 있으면서 건넌방에서 아들 인선이를 데리고 있고, 월급은 없이 그저 그들 모자의 식사를 우리 식구 먹는 대로 먹기로 하고 와 있었다. 이리해서 인선이가 벌어들이는 월 이십 원이란 돈은 거기에서 옷이나 해 입고 그대로 꽁꽁 모아서 이제 한 십 년 만 그렇게 공을 들이면 그 모은 돈을 한 밑천삼아서 인선이를 가게나 놓도록 한 후, 며느리나 얌전한 색시를 하나 맞아서 살림을 차리고, 복실이 모는 늘그막에 손자애들이나 업어 보는 조그마한 양상이나 해 볼 수 있으리라는 희망, 그것이 복실이 모의 생에 대한 전부였던 모양이다.

3

그런데 복실이 모에게는 아들 인선이에게 대한 꼭 한 가지 불안이 늘 떠나지 않고 있어 왔다. 그것은 인선이가 어렸을 적부터 다른 아이들과는 좀 별다른 성격을 가진 것에 있었다.

그것은 인선이가 여남은 살 났을 적 일이라 한다. 하루는 복실이 모가 저녁에 부엌에서 저녁을 짓다가 잠시 무엇 때문인가 방 안에 들어가 보았더니 인선이가 방 아랫목에 가만히 누워 있는데 모양은 잠 자는 것 같으나 숨소리가 몹시도 가쁘고 별스러웠다 한다. 그래서 가까이 가서 들여다보니까 두 눈을 다 뻔히 뜨고 누워 있는데, 그 두 눈은 천장만을 뚫어지도록 바라다보고 있고, 어머니가 옆에 오는 것도 안 보이는 모양이더라 한다.

그래 어머니는,

"인선아, 너 자니?"

하고 물어 보았으나 아무런 대답도 없어 다시,

"야, 인선아, 너 어디 아프냐?"

하고 물어도 아무 대답이 없더라고. 그래서 복실이 모는 인선이 어깨를 붙들고 흔들어 보았으나, 인선이는 그것도 깨닫지 못하는 듯이 그저 옴쭉 않고 누워서 숨소리를 가쁘게 씨근거리면서 천장만을 바라보고 있더라고 한다. 그 증세가 '지랄' 증세가 아니냐고 내가 언젠가 한번 복실이 모에게 물었더니 결코 지랄 증세는 아니었다고 그는 단언하였다.

복실이 모는 놀라서 한참이나 붙들고 이름을 불러 보았으나 영 대답이
없고 또 깨나지도 않는 고로 할 수 없이 나와서 내 삼촌 모에게 급보하였
다. 그래 삼촌 모도 놀라서 들어가 보니까, 그 동안에 인선이는 일어나
앉아 있는데 몹시 피곤한 모양으로 벽에 기대앉아서 씩씩 하고 있었더라
한다. 그래,

"너 어디 아프니?"

하고 물으니까, 고개를 살랑살랑 흔들고,

"목 마르다."

하고 대답하더라고. 그래 물을 떠다 주니까 물을 한 대접 다 마시고는,

"오마니, 나 인제 자문성 별난 꿈꿨다."

하고 말할 뿐, 무슨 꿈을 꾸었는가 자꾸만 캐물어도 인선이는 그 꿈의 내
용 이야기는 안하고 그저 이상스런 꿈을 꾸었노라고만 대답하더라고.

그런데 우리 삼촌 모는 인선이가 정신없이 누워서 씨근거리는 광경을
친히 보지는 못한 고로 인선이 모더러 공연히 잠 자는 애를 가지고 호들
갑을 떨어서 남을 놀라게 했다고 도리어 복실이 모를 핀잔을 할 뿐이고
또 복실이 모도 무어라고 설명을 할 수가 없어서 그때는 그저 잠잠하였다
고 한다.

그후로 복실이 모는 인선이의 몸에 다시 무슨 이상이나 없나 해서 늘
조심히 보살폈지마는, 아무런 별다른 이상을 발견 못했고 해서 차차 복실
이 모도 마음을 놓았다고 한다. 그러나 한 일 년 세월이 흘러 간 뒤 어떤
날, 역시 어슬한 저녁때인데 복실이가 부엌으로 갑자기 뛰쳐나오면서,

"오마니, 인선이 좀 보라우. 쟤가 별나게두 구누나."

하고 황망히 떠드는 고로 곧 뛰쳐들어가 보았더니 이번에도 인선이는 작
년 그때 모양으로 눈을 뻔히 뜨고 누워서 숨소리를 씨근거리고 있었다.
그래 이름을 계속해 불렀더니 부시시 일어나 앉으면서,

"오마니, 나 별난 꿈꿨다."

하더라고. 그래 무슨 별난 꿈을 꾸었는가고 물으니까,

　"사람들이 나팔을 자꾸 불두나."

하고 대답하였다. 복실이가 옆에 있다가,

　"흥, 그것이 꿈인 줄 아니? 저녁땐 데에게 데 병대들이 늘 나팔 불더라. 나두 들었다 좀."

하고 말하니까 인선이는 열 살 난 애로는 너무 야무진 태도로,

　"아니야, 꿈에 불어."

하고 대답하더라고.

　그후로도 몇 번 복실이 모는 아들 인선이가 죽은 듯이 한참씩을 누웠다가 일어나서는 냉수를 찾고, 그러고는 이상한 꿈을 꾸었노라고 하곤 하는 것을 목도하였다. 그러나 이제는 복실이 모도 여러 번째 당하는 일이라 그렇게 과히 놀라지도 않았고 또 그런 일이 생기는 수도 그저 일 년에 한 번 가량밖에 더 안 되었고, 또 그 일 하나 외에는 별다른 거동이 없는 고로 차차 안심하게 되었다고 한다.

　4

　인선이가 열일곱 나던 해 늦은 가을 어떤 날 밤.

　그날 밤엔 바람이 몹시 불고 비가 억수로 퍼부었다. 복실이는 바로 며칠 전에 시집을 가고 인선이와 어머니 둘이서만 한방에서 잠을 자고 있었는데, 새벽녘이 다 되었을 때에 복실이 모는 몹시 추운 감각을 얻어서 잠을 깨었다. 잠을 깨고 보니, 언제 문이 열렸던지 문이 쫙 열렸는데 그리로 비바람이 쳐들어와서 막 얼굴을 때리고 이부자리를 적시고 아주 야단이었다. 복실이 모는 일어나서 문을 닫으려고 하다가 보니, 바로 문 밖 처마 밑에 무엇인지 시커먼 것이 우뚝 서 있더라고 한다. 복실이 모는 몹시 놀라서 외마디소리를 질렀으나, 워낙 비바람 소리가 요란했기 때문에 안방에서는 그 비명소리를 못 들었다. 복실이 모는 가까스로 정신을 수습하면서,

"인선아!"

하고 크게 불렀더니 방 안에 누워서 자는 줄만 여겼던 인선이가 의외에도 문 밖에서,

"응."

하고 대답을 하였다.

"인선아!"

"응."

그 대답은 바로 문 밖에서 서서 비를 맞고 있는 그 시커먼 것에서 오는 것이었다.

복실이 모는 더한층 놀라서 윗목을 쓸어 보니 인선이는 과연 방에 없었다. 그래서 밖에 서 있는 시커먼 것을 자세 자세 보니, 그것이 다른 사람이 아니라 바로 인선이었다. 인선이는 쪽 벌거벗고 거기 우두커니 서서 비를 온몸에 맞고 있는 것이었다.

복실이 모는 너무도 놀라고 기가 막혀서,

"인선아! 너 이거 웬 짓가?"

하고 물었으나 아무런 대답이 없었다.

"인선아, 야, 인선아, 인선아, 야."

하고 여러 번 부르니까 그제야 인선이는,

"오마니, 데게 무슨 소리요? 데게?"

하고 말하였다. 복실이 모는 귀를 기울여 한참을 들어 보았으나 비바람 소리 외에는 아무런 다른 소리는 들려 오지 않았다.

"소리라니? 무슨 소리?"

하고 마침내 물으니까 인선이는,

"아니, 오마니, 저 소릴 못 듣소? 저 북소리! 두둥둥 두둥둥 하는 거, 저것이 북소리 아니오?"

이 소리를 듣자 복실이 모는 기절할 듯이 놀랐다.

북소리!

다른 날도 아니고 바로 이날 이 새벽 이 시각에 북소리! 복실이 모의 귀에는 십오 년 전 옛날이 바로 방금 전인 듯 그때 그날처럼 요란한 북소리는 그의 고막을 찢어 놓을 듯이 요란히 사방에서 들려 오는 것 같았다.

두둥둥! 두둥둥!

십오 년 전 이날 이 새벽에 북소리는 요란히도 온 동네를 뒤흔들었다. 복실이 모는 밤부터 산기가 있어서 잠 한숨 못 들고 앓고 있었고, 석 달 동안이나 총을 메고 사방으로 싸다니다가 잠시 집에 들렀던 남편도 피곤한 몸을 잠도 못 자고 아내를 지키고 앉아 있었다. 그날 새벽녘에 조금 더 있으면 먼동이 트리라고 생각되던 시각에 복실이 모는 복통이 한층 심해져서 허리를 비비꼬며 쩔쩔매었고 남편이 몸을 꽉 껴안아 주었다.

그때, 쥐죽은 듯이 고요하던 동네에는 갑자기 요란한 소리가 새벽 공기를 깨치고 울려 온 것이었다.

두둥둥! 두둥둥!

남편은 이 북소리를 듣자 흠칫 물러앉았다. 북소리는 차차 더 요란스럽게 울려 왔다. 사방에서 개짖는 소리가 나고 총소리도 간혹 쨍쨍 섞여 들려 왔다.

"여보."

하고 마침내 남편이 떨리는 목소리로 불렀다.

"여보, 난 아무래도 가 봐야 하갔소. 저 북소리를 듣소? 저 총출동하라는 명령이우."

아내는 아무런 대답도 못하고 앓는 소리만 더 크게 할 따름이었다. 남편더러 가라고 하기도 어렵거니와 가지 말랄 수도 없는 줄을 그는 너무나 잘 알고 있는 것이었다. 북간도를 개척한 조선 사람의 생활에 있어서 이 끊임없는 투쟁은 한 일과로 되어 있고 용감한 아내들은 언제나 남편이 총 메고 나설 때 이를 만류하지 않아야 한다는 것을 잘 알고 있는 것이었다.

잠들었던 어린 복실이는 소란통에 깨어 눈을 비비면서 일어나 앉았다. 남편은 벌떡 일어나서, 머리맡에 놓였던 탄환혁대를 바쁘게 두르면서,

"아무래도 나가 봐야갔쉐다. 한 사람 있구 없는 데 승부가 달렸으니께니…… 총출동, 총출동——."

혼자 말하듯이 이렇게 중얼거리더니 벽에 기대세웠던 총을 들고 황망히 문 밖으로 뛰쳐나가면서,

"복실아, 엄마 잘 봐라, 응."

하고 한마디하고는 바깥 어둠 속으로 사라지고 말았다.

그것이 남편의 이 세상에서의 마지막 목소리였던 것이다.

남편이 나간 후, 북소리는 더한층 요란하여지고 콩볶듯하는 기관총 소리와 사람들의 아우성소리, 숨이 막힐 듯이 짖어 대는 개소리, 이 모든 소리들이 모두 뒤섞여서 아주 천지가 떠나가는 듯하였다. 복실이는 무서워서 어머니께로 바닥바닥 다가앉았으나 어머니는 그것도 인식 못하고 오직 그 두둥둥 울리는 북소리만이 온 몸뚱이를 속속들이 뚫고 뻗고 채워서 그냥 전신, 온 우주가 그 북소리 하나로 뭉쳐 버리는 것 같은 환각을 느낄 따름이었다.

이런 아픔, 이런 소란, 이런 북소리……마저도 영원에서 영원까지 끊임없이 계속되는 듯 생각되어, 조금만 더 그대로 계속된다면 몸도 으스러지고 천지도 으스러져 버리고, 세상 모든 것에 마지막이 이르리라고 생각들 때 복실이 모는 갑자기 '으아!'하고 세차게 울리는 어린애 첫 울음소리가 그 북소리, 그 총소리 위로 쫙 퍼져서 온 방 안을 채워 버리고, 온 우주를 채워 버리는 듯한 것을 들었다. 동시에 복통이 문득 멎고 온몸의 기운이 확 풀렸다.

먼동이 환하게 터 왔다. 북소리도 멎고, 총소리도 멎고, 오직 '으아 으아' 계속해서 외치는 어린애 울음소리만 들렸다.

핏덩어리처럼 뻘건 해가 초가지붕들을 빤히 비칠 때에는, 그 동네 젊은 사람의 거의 절반의 시체가 길거리에 넘어져 있었다. 복실이 아버지도 그들 중 하나이었다. 이것은 북간도 조선인 생활의 중요한 역사의 한 페이지였다.

십오 년! 그것이 벌써 십오 년 전 일이었다. 그러나 이날 새벽 아들의 이야기를 듣고 귀를 기울일 때 복실이 모의 귀에는 그 폭풍우 소리가 십오 년 전 이날 이 새벽 인선이가 세상에 나오던 날 새벽에 북간도 한 촌에서 듣던 그 북소리와 총소리처럼 들려 왔다는 것을 순전히 복실이 모의 착각으로만 들릴 것인가? 복실이 모는 한참이나 꿈꾸는 사람처럼 문턱에 엉거주춤하고 앉아 있었다.

두둥둥둥 울리는 북소리. 뼈까지 저린 복통, 그러고는,

"으아."

하고 터져 나오는 새 생명의 외치는 소리! 복실이 모는 마치도 그때 그 순간이 반복되는 듯싶은 환각을 느끼었다. 그런데 그 새 생명이 벌써 저렇게 살아서 떠꺼머리 총각이 되었구나!

"인선아."

하고 마침내 부르는 어머니 목소리는 몹시도 떨리었다. 목소리만 떨리는 것이 아니라, 온몸이 모두 푸들푸들 떨리는 것이었다.

"인선아, 북소리는 웬 북소리가 난다구 그러니? 바람 소리밖엔 안 들린다."

그러나 인선이는 아무 말도 없이 그냥 비를 맞고 서 있었다.

"인선아, 어서 들어오너라."

그제야 인선이는 묵묵히 방 안으로 들어왔다. 비에 흠씬 젖은 몸을 수건으로 대강 문지른 후 이불을 쓰고 자리에 누웠다.

"인선아, 너 갑자기 왜 그러니?"

하고 어머니는 염려스럽게 물었다.

"북소리가 자꾸 들려서 그래요…… 또 아바지가…….."

"응? 아바지가?"

"아바지가 어데서 날 자꾸만 부르는 것 같아요."

복실이 모는 몸에 소름이 쪽 끼쳤다.

"오마니, 우리 아바진 싸우다가 총에 맞아 돌아가셨대디요?"

하고 인선이는 또 불쑥 물었다.

"응."

하고 복실이 모는 겨우 소리를 내었다.

"아바진 싸와야 되갔으니깐 싸왔갔디?"

"그럼."

"한 사람 있구 없는 데…… 오마니, 그게 무슨 소릴까요?…… 한 사람 있구 없는데……."

"인선아, 너 어데서 그런 소릴 들었니?"

"몰라, 그저 아까부터 자꾸만 그 생각이 나요. 한 사람 있구 없는 데, 한 사람이 있구 없는 데 하구."

"너 아바지가 마지막 그런 말씀을 하시구 나가서 돌아가셨단다."

"응, 오마니. 나두 이제 그 뜻을 알아요…… 아바진 그 한 사람이 된다고 나가서 돌아가셨디유."

"인선아, 거 무슨 소리가?"

"아니야요."

5

인선이의 심상치 않은 현상에 복실이 모는 몹시 놀라고 염려되어서 다시 잠도 못 들고 걱정을 하였다. 그러나 그 이튿날부터 인선이는 다시 아무런 별다른 이상이 없이 학교에 잘 다녔다. 그리고 그 생일날 새벽에 생겼던 일은 아주 잊어버렸는지 다시 북소리 이야기도 없고 아버지 이야기도 아니하는 고로 다시 어머니는 마음을 좀 놓았다.

인선이는 나이에 비겨서 퍽 침착하고 우울한 성격의 소유자가 되었다. 언제나 무엇을 깊이 생각하는 듯한 태도였다. 특히 자기 생일 때가 가까워 오면 더한층 깊은 명상 속에 잠기는 것이었다.

한번은 이런 일이 있었다.

바로 인선이 생일이었는데, 그날 새벽 밝기 전에 인선이는 일어나서 어디론가 나갔다가 해가 뜬 후에야 몹시 피곤해진 몸으로 돌아왔다. 어머니는 놀라서 어디 갔다왔느냐고 물을 때, 그냥 새벽 산보로 모란봉엘 다녀왔노라고 대답해서 어머니 마음은 안심시켰지만, 사실에 있어서는 인선이는 자기도 모르게 용악산 쪽으로 자꾸만 가다가 조그만 개천에 첨벙 빠지면서 정신이 들어서 집으로 돌아온 것이었다.

학교를 졸업한 후 점원으로 취직이 된 후에는 인선이의 성격은 더한층 침울해지고 밤이면 대개 혼자서 을밀대에 올라가서 한 시간씩 두 시간씩 깊은 명상에 잠기는 버릇이 생기었다. 그러다가는 갑자기 주먹을 부르쥐고는,

"동물원이란 말이냐?"

하기도 하고,

"원숭이들처럼."

하기도 하고,

"때가 이르면……."

하기도 하고,

"한 사람, 사람."

하고 어두운 밤 홍두깨 격으로 소리를 버럭 지르곤 해서 가끔 다른 산보객들을 놀라게 하는 때가 있었다.

6

내가 네 살 난 내 아들놈에게 북을 사다 준 것은 어떤 늦가을날 저녁때였다. 내 아들놈은 두드리면 두둥둥 소리가 나는 북이 신기해서 자기 전에 한참이나 귀 시끄럽게 두드리고 놀다가 그 북을 손에 쥔 채 잠이 들고 말았다. 그런데 웬일인지 그 이튿날 새벽이 채 밝기 전에 내 아들놈은 갑자기 잠을 깨 가지고 기를 쓰고 울기 시작하였다.

나와 아내는 그놈 울음소리를 좀 멈추어 보려고 여러 가지로 얼려 보았지만 무슨 꿈에 몹시 가위가 눌렸었는지 어찌 된 심판인지, 그냥 악을 쓰고 울기만 하고 그치지를 않는 것이었다.

마지막에는 그놈 자리 옆에 놓인 북을 들어서 두드려 보았다.

두둥둥! 두둥둥!

하고. 북소리가 나자 아들놈은 울음을 뚝 그치었다. 나는 한참이나 요란하게 북을 두드렸다. 잠시라도 북을 그치면 아들놈은 또다시 울음을 터뜨리는 고로 나는 할 수 없이 오랫동안 계속해서 두드리었다. 그러노라니까 갑자기 바깥 뜰에서,

"인선아, 야, 인선아."

하고 황급히 부르는 복실이 모의 목소리가 들리는 듯했다.

나는 북을 멈추고 귀를 기울였으나 아들놈이 또다시 울기를 시작하는 고로 또다시 북을 두드리었다. 그러노라니까 이번엔 어디 멀리서,

"야, 인선아, 야."

하고 부르는 복실이 모의 목소리가 들리는 둥 마는 둥 하였다.

나는 별로 괴이하게 생각지도 않고 그냥 계속해서 북을 두드렸다. 겨우 아들놈을 다시 잠을 들여 놓고서 다시 눈을 좀 붙였다가 해가 뜬 후에야 일어나서 뜰에 나가 보았으나, 조반을 짓고 있어야 할 복실이 모가 보이지 않고 부엌은 비어 있었다. 그래 복실이 모의 방으로 들어가 보니까 방문은 쫙 열려 있고 이부자리도 개지 않은 채로 방은 비어 있었다. 우리는 새벽에 어디들을 갔을까 이상히 생각하면서 복실이 모가 돌아오기를 한참이나 기다려 보았으나, 도무지 오지 않는 고로 아내가 나와서 조반을 지으러 부엌으로 가고 나는 거리에 나서서 이리저리 좀 돌아다녀 보았으나, 인선이도 없고 복실이 모도 보이지 않았다.

내가 회사로 출근할 시각까지도 복실이 모는 돌아오지 않았다. 오후에 회사에서 집으로 돌아오니 그때까지도 복실이 모는 어디로 갔는지 돌아오지 않았다고 아내는 걱정하는 것이다. 나는 슬그머니 염려가 되어서 인선

이가 일하고 있는 백화점으로 나가 보았더니, 인선이는 그날 애초에 출근을 아니했다는 대답이었다. 무슨 영문인지는 알 수 없고 많이 염려되었으나 하여간 밤까지 기다려 보아서 소식이 없으면 내일 아침에는 어떻게 대책을 강구해 보기로 하고 기다렸다. 저녁을 먹어치우고 밤이 어두웠으나 인선이 모자는 나타나지 않았다. 이게 필경 무슨 곡절이 생겼구나 싶어서 마음이 무척 초조해졌는데 마침내 복실이 모가 돌아왔다. 우리는 토방에 맥없이 주저앉는 복실이 모의 모양을 보고 놀라지 않을 수 없었다. 이 노파가 종일 어느 흙더미 위에 가서 뒹굴다가 왔는지 온통 옷은 흙투성이가 되고 머리는 풀어져서 난발이 되어 있었다. 우리 내외가,

"아니, 웬일이오?"

소리를 한꺼번에 지르면서 뛰쳐나가니까, 복실이 모는 주저앉아서 엉엉 울기만 하였다.

가까스로 그를 달래서 띄엄띄엄 그에게서 나온 그날 새벽에 생긴 이상스러운 일의 대강을 적으면 아래와 같다.

그날 새벽은 바로 인선이의 스무 번째 생일이었다. 새벽이 채 밝기도 전인데, 복실이 모는 어떻게 잠이 풀쩍 깨었는데 깨어 보니 바로 그때 인선이가 문을 열고 밖으로 나가는 참이었다. 그런데 그때 복실이 모를 기절을 할 만큼 몹시 놀라게 한 것은 복실이 모의 귀에는 너무나 똑똑하게 두둥둥 울리는 북소리가 어디선지 요란스럽게 들려 오는 것이었다. 복실이 모는 제 귀를 의심했으나 북소리는 갈데없는 북소리요, 그날이 또 인선이 생일인지라 복실이 모는 불안한 예감에 붙잡혀서, 얼른 옷을 되는 대로 주워입고 인선이를 따라 나섰다.

인선이는 벌써 대문을 열고 문 밖에 나서 있었다. 인선이는 횡하니 빠른 걸음으로 어디론가 가고 있었다. 북소리는 복실이 모의 귀에도 너무나 똑똑하게 두둥둥 자꾸만 들려 오는데, 어떻게도 마음이 황망한지 그 소리의 방향이 어딘지도 알 수 없었다고 한다. 그저 인선이가 그 북소리 나는 곳을 찾아서 가는 것이라고 직각이 되어서 허둥지둥 그 뒤를 따르면서 인

선이 이름을 불렀다. 그러나 아들은 대답도 없이 뒤도 안 돌아보고 그냥
횅하니 가고 있는 것이었다. 복실이 모는 숨이 턱에 닿아서 따라갔다.

그들 모자는 보통강까지 다다랐다. 복실이 모 귀에는 인제는 북소리는
조금도 들리지 않는데, 인선이는 신도 안 벗고 그냥 절벅절벅, 정강머리
에 차는 보통강을 건너갔다. 복실이 모도 따라 건너갔다. 강을 다 건너고
나더니 인선이는 우뚝 돌아섰다. 복실이 모는 달려들어서 아들을 붙들고
늘어졌다.

"인선아, 얘, 어딜 가니? 엉, 너 왜 그러니? 엉?"

인선이는 아무 대답도 없이 한참을 물끄러미 어머니를 바라다보고 서
있더니 아주 침착하고 매진 목소리로 이렇게 말했다.

"오마니, 난 아무래도 가야 돼요. 아바지를 따라가야 되디요. 날더러
어서 오래는데, 데 북소리가 들리지 않소? 날 부르는 아바지 목소리가
들리지 않소! 한 사람 더 있구 없는 데…… 아바지두 그 한 사람, 나 또
그 한 사람…… 그 한 사람 그 한 사람들이 가야 돼요. 가야 돼요."

그리고는 인선이는 어머니를 뿌리치고 달음질해서 보통벌 저편으로 달
아났다. 복실이 모가 기를 쓰고 뒤를 쫓아갔으나 늙은 노파의 기력으로
젊은 아들과 경주하여 따라잡을 수는 도저히 없는 일이었다. 복실이 모는
대타령 부근까지 쫓아가 보았으나 아주 아들의 모양을 잃어버리고 말았
다. 노파는 더 뛸 기운도 없어서 허덕거리면서 고개를 넘어가 보았으나
인선이의 그림자도 찾을 수 없었다.

복실이 모는 촌길 가에 뒹굴면서 실컷 울었다. 그러나 그 울음이 이미
가 버린 아들을 도로 불러 올 수는 없는 것이었다. 북소리의 이끄는 힘은
어머니의 눈물의 힘보다도 더 힘센 것이었다.

7

복실이 모를 겨우 달래서 방으로 내다 뉘고 나서 나는 방 안에 앉아서

담배를 피워 물고 이 사건을 머릿속에 이리 굴리고 저리 굴리며 음미하여 보았다. 네 살 난 내 아들놈은 멋도 모르고 북을 목에다 걸고 박자도 없이 두드리면서 방 안을 좁아라고 헤매이고 있었다.

그 박자 없는 북소리는 차차 내 머리를 점령하기 시작하였다.

한 사람, 한 사람을 끄는 북소리! 지금 멋도 모르고 북을 두드리며 안방을 헤매는 저 네 살 난 내 아들놈, 저놈이 또한 자라나서 한 사람이 될 때에는 한 사람을 부르는 그 북소리를 따라서 나와 제 어미를 내버리고 가 버리지 않겠다고 누가 장담하겠는가.

내 머리는 차차 이 북소리에 정복되어, 이 북소리 이외에는 다른 존재는 그 존재 가치를 잃어버린 듯이 느껴졌다. 내 머리, 내 전신, 온 집안, 마침내는 온 우주가 이 박자 없는 북소리로 가득 차서 울리고 흔들리고 ······.

두둥둥! 두둥둥!

해방 일주년

난 지 두 달 된 영옥이를 등에 업고 그 더운 날 파라솔도 못 받고 행렬을 따라가며 태극기를 흔들고 조선독립 만세를 어찌나 크게 오래 불렀던지 목이 듬뿍 쉬어 돌아왔던 것이 엊그제 같은데 벌써 일 년이 되었다.

영옥이는 돌을 맞았고 해방 돌맞이도 거의 되어 왔다. 해방 전 사오 년간 살림살이가 하도 곤궁해서 맏아들 태웅이의 돌잔치도 못해 주고 지난 것이 여간 섭섭하지가 않았었는데, 지금 해방이 된만큼 딸일망정 영옥이의 돌잔치는 꼭 해 주어야겠다고 벼르고 별렀었다. 그러나 돌떡은커녕 흰밥 한 술조차 못 끓이고 애호박 죽에 밀범벅을 조금 넣어 먹이고 말았더니, 고새 망할 년이 자기 돌놀이 안해 주었다고 화풀이를 하는 셈인지 기침을 콜롱콜롱 짓기 시작하더니 이제는 당나귀 소리를 하며 콧물 눈물 흘리면서 왜액왜액 게우기를 내리 한 삼십 분씩 하는 것이었다. 백일해로 들어선 기침을 할 때 금방 죽는 것 같기도 하니 어미된 마음에 애처롭기도 하고 겁도 나서 간이 콩알만해지는 것이었다.

아무리 병술년이라고 하지만 집집마다 병도 참 많이 달아 났지만 예방이 다 무슨 소용인고? 이 동리에는 한 집도 빼놓지 않고 모두들 맥주병이나 사이다병을 대문 문설주 위에 거꾸로 매달아 놨는데도 불구하고 금년 따라 유난히도 집집마다 병 타령이다.

나의 집 일로 보더라도 애 아버지가 감기로 쿨렁거리며 누웠다 일어났다 하더니, 봄에는 내가 젖몸살이 났다. 나로서도 견디기 힘든 고생이었지만 젖먹이 영옥이가 고생을 더 했다.

여름내 태웅이의 몸에 부스럼이 나서 진물이 밤낮 질질 흐르고 고생하다가 정릉 계곡 약물에 며칠간 목욕을 하고야 적이 차도를 봤는데, 지금 영옥이가 백일해에 걸렸으니 우리 집에는 병고가 하루도 떠나 본 적이 없었다. 꿀에다 수세미 오이를 짓눅여 재워서 먹이면 백일해가 완치된다고 말하는 구레나룻 영감님의 장담을 꼭 믿고 백방으로 구해다가 먹여 보았더니 맛이 이상한지 먹지도 않고, 억지로 먹이면 콜콜 토해 내 버릴 뿐 병 차도는 조금도 없으니 이를 어찌할지?

밤이 되면 기침이 더해져서 흑흑 당나귀 소릴 하면서 몸을 배배 틀며 금시 숨이 넘어갈 듯이 굴러 대니 내 오만간장 다 녹아 날 수밖에!

할 수 없어서 영옥이를 업고 소아과병원으로 가서 진찰해 봤더니 주사 한 대 놔 주고 알약 몇 알 주고는 일금 칠십 원야는 대금을 내라고 강요했다. 하기야 지금 돈 칠십 원이 해방 전 칠십 전 꼴밖에 더 안 되는 돈인 만큼 병원에서 너무 많이 받는다고 탓할 수는 없으나 그러나 우리 같은 월급쟁이로서야 어디 지탱해 나갈 수 있어야 말이지!

돈 이야기가 났으니 말이지 물건값은 작년보다 백 배나 더 올랐는데, 그만큼 쫓아가면서 돈을 버는 사람에게는 고통이 없겠지만, 우리 같은 사람에게는 하루하루 살아가는 것이 기적이다. 쌀 소두 한 말이 오백 원을 하니 말이다. 우리 영옥이 아버지의 월급이 쌀 두 말 값밖에 더 안 되는 걸!

작년 해방초에 어디서 그렇게 많은 물자가 터져 나왔는지 물자가 참 풍부했더렸는데, 그때 물건을 좀 사 두었던들 지금쯤은——하, 그러나 그 땐들 우리에게야 어디 물건 사 둘 돈의 여유가 있었어야 말이지. 맞은 거리 일본인 소유 양옥집을 접수해 가지고 사는 박 선생은 그때 물건 많이 사서 쌓아 두었다가 지금 큰 수가 났다고들 하지만.

하기야 우리 태웅이 아버지가 주변도 없고 바보(?)가 되기 때문에 그 통에도 돈 한푼 못 잡고 출출히 요꼴이 되었지. 봉순이 아범 좀 봐! 월급 쟁이 집어치우고 이리 번쩍 저리 번쩍 하더니 지금에는 아주 한밑천 톡톡이 잡았다던데. 어디 그뿐인가. 떼기 영어 마디나마 주절댈 줄 아는 자들은 모두 다 엠피통역이라나 뭐라나 하는 것을 해서 막 수가 난다는데, 골샌님인 우리 애 아버지는 영어는 남들보다 잘 하는 축이면서도 미국놈과는 맞서기도 싫다고 하니 참 괴상한 성미야. 그 흔한 일본집 한 채 접수 못하구. 남들은 영어라고는 에이 비 씨도 모르면서도 통역을 끼고 일본집은 물론 공장들까지 마구 접수하는데.

그래도 그이도 간혹 남의 술을 얻어 자시고 다니지. 그날 밤만 해도 밤늦게야 돌아오셔서 문 안에 들어설 때부터 온통 술내를 풍풍 발산하면서도 기분은 대단히 불쾌하신 표정이었다.

"여보, 여보. 내가 오늘 술을 실컷 마셨소. 실컷, 실컷, 참 여러 해 만에 처음으로 실컷 먹었소——허나, 흥, 이 술 맛이 쓰오. 써!"

"왜요?"

"세상에 이런 법이 있겠소? 아, 당신 저녁 무얼 좀 끓여 먹었수? 호박죽? 그렇겠지. 호박도 두고, 호박잎을 더 많이 두고 밀가루 풀어 푹 과서——어허. 맛이 있구나. 세상에 이런 별미가 어디 또 있겠소——허 허, 여보, 태웅이 엄마, 용서해 주오. 참 미안하오. 나 혼자만 맛있는 것 처먹구 다니니. 내가 아까 무엇을 먹었노 하면 닭찜, 소갈비, 생선튀김, 육포, 잣, 식혜, 웅 또 그리고 아스파라거스. 여보, 아스파라거스 먹어 본 기억이 아직 남아 있소? 그게 아마 십 년도 더 됐지? 음, 또 그리구 하이얀 쌀밥도, 목구멍에 찰찰 감기는 흰밥을 두 공기 아니 세 공기 마구 먹어 줬지."

"당신 생일 쇗구려. 난생 처음 호화스런 생일놀이. 그런데 요새두 그렇게 맘대루 별걸 다 먹을 수 있는 데가 있습디까? 꼭 꿈얘기 같은데."

"하하, 허허, 우리 태웅 어미 바보! 요새 미군정 관리들. 하, 바로 내 동기 동창도 한몫 끼였는데, 이런 말하는 건 좀 과언일지 모르나 하여튼 요새 관리들은 왜정때 비해서 하나도 나을 것이 없고 도리어 더하단 말요. 무슨 일이구간에 얻어먹고 뇌물 받고야만 봐 준단 말야. 허 이전 왜 정시대에는 관리들이 얻어 처먹긴 해도 먹은 만큼 상당한 일은 해 주었고 천하게 굴지는 않았었는데, 지금 이 미군정은 개차반이야. 여보, 내 말 좀 명심해 들어요. 건국을 위해 노력한답시고 그 동창생 더분에 나두 한 턱 잘 얻어먹었어. 그런데 이것 봐요. 하루 저녁 요리값 간죠가 얼마나 났을 듯하우?"

"그런 걸 내가 어떻게 알아요?"

"짐작이라도 해 보란 말요. 하두 엄청나니 말야!"

"몰라요, 난 그런 거."

"여보, 놀라서 기절하지 않도록 마음 잔뜩 단단히 먹고 들으시우. 응. 간죠가 말요, 하루 저녁 요리 먹은 간죠가 말요, 놀라지 말지어다, 자그마치 일금 이만 원이라, 이만 원!"

"가짓뿌리."

"아니야, 참말이야. 그렇지, 거짓말 같은 참말이 지금 우리 반도 안에 어디든지 가득 차 있어. 내 말 좀 들어 보, 그 기생년들 말요, 기생들이 간죠에 끼인 화대 외에 또 따로 팁을 달라는 거야. 그래 한 년 앞에 천 원 씩이나 더 얹어 주었는데 년들이 적다고 막 지랄발광해서 오백 원씩 더 주고야 말더구만. 그러니 지금 세상엔 기생 돈벌이가 제일이겠습디다. 하 루 저녁 연회비가 우리 한 가족 생활비 일 년치 하고도 더 되니 허어, 우 리 일 년 생활비를 그자들은 한 끼에 다 먹어 버린단 말야. 이놈의 세상 이 인제 어떻게 될 판인지. 오래간만에 자유를 찾은 이 나라가 이 꼴로 나가다가는——여보, 마누라. 여보, 여보! 부르는데 왜 대답도 안해?"

"왜 그래요?"

"마누라, 마누라가 날보구 늘 골샌님이라구, 주변이 없다구, 쫑알대
왔지, 기억하우? 그때마다 난 큰소릴 탕탕 치군 했었지——사람은 돈보
다는 절개가 더 중하다구. 허나 지금 우리 나라는 생지옥이야, 지옥! 질
서두 없구, 절조도 없구, 자존심도 없구, 그저 아무 짓을 해서라두 돈만
모으면 제일 잘난 사람이거든. 홍 모리배라구? 그럼 어때? 잡혀 간다구.
잡혀 가문 어때? 검사국에서야 어쨌든 재판소에서는 으레 뻐젓이 무죄
판결로 석방돼 나오는데. 이게 소위 민주주의라는 거거든. 나두 낼부터
모리배 뒤꽁무니나 따라다닐까? 남들은 다 하는데 나 혼자 독야청청한다
고 누가 나에게 상 줄까?"

"그래두 양심 문제지요."

"양심 문제라구? 허허, 내가 늘 외던 소리를 앵무새처럼 피우는구려.
그러나 당신 말이 옳소. 날 비웃지 말우. 역시 양심 문제야. 양심을 지키
면서 굶어두 좋지! 그렇지, 마누라!"

만나는 사람마다 영옥이는 영양부족이므로 영양분을 많이 먹여야 된다
고 권한다. 그러나 잘 먹일 것이라고는 내 젖밖에 없는데 젖이 잘 나지
않고 유방이 말라만 가니 어찌하란 말인고!

의사는 의사대로 병원에 매일 데리고 와서 치료받게 해 주어야 된다고
하지만 매일매일 칠십 원씩 갖다 바칠 돈이 어디서 생기나? 화수분이라
는 것은 동화고.

의사는 그럼 부청으로 가면 소젖 배급을 탈 수 있다고 친절하게 알려
주었다.

곧 애기를 업고 부청을 향해 떠났다.

'교통 지옥'이라는 말은 늘 경험하고 있는 것이지만 전차 한번 얻어 타
기가 점점 더 어려워져만 갔다. 내리쪼이는 폭양 아래 줄지어 서서 한 시
간도 더 기다려 초만원 된 전차 아홉 대를 그냥 보내고 나서야 겨우 내가
탈 수 있는 차례에 이르렀다. 전차 입구 계단에 한 발을 올려놓을 때 전
차는 움직이기 시작하는데, 새치기하는 황소 같은 사나이 하나가 날 밀어

내치는 통에 고무신 한 짝은 공중으로 날고 발목은 삐고 애기는 악쓰며 울고 내 엉덩이는 땅에 방아를 쪘다.

때마침 '전차 안내'라는 완장을 단 사람이 얼른 부축해 주어서 나는 겨우 일어나고 순사가 집어다 주는 고무신이 내 눈앞에 나타날 때, 이 꼴하고도 무슨 창피스런 생각이 나는지 얼굴이 타는 감각을 느꼈다. 그놈의 고무신짝! 고무신 한 켤레에 백 원일쎄 하는 바람에 새로 사 신을 엄두를 못 내고 차일피일 끌었었다. 아무래도 한 켤레 사지 않을 수 없어서 돈을 간신히 마련했더니 무슨 소린지 열흘 후에는 모든 물건의 공정가격이 도로 실시되어 값싸게 살 수가 있게 된다는 풍설에 그만 속았던 것이었다.

지나간 정월 초하룻날부터 실시된다고 하던 쌀 공정가격 연극에 한번 단단히 속았던 경험이 있었음에도 불구하고 그래도 이번에야 설마 했던 그 설마가 골탕을 먹인 것이다. 그래도 이번에야 설마 하고 기다렸더니 막상 공정가격 판매가 실시된다는 날 아침 일찍 돈을 말아 쥐고 선참으로 신발 가게로 달려갔더니 이런 변이 있나, 바로 어제까지도 상점 널판자에 메이게 나열되어 있었던 고무신들이 하룻밤 사이에 한 켤레도 남지 않고 다 자취를 감추고 나막신만이 대신 쫙 들어 차 있는 것이 아닌가!

근처 사람들의 숙덕공론을 들으면 가게 뒷문으로 가서 돈 백 원 주면 고무신 한 켤레 곧 살 수 있다고 했지만, 가게 주인의 행사가 괘씸하다는 감정도 복받치고 돈도 옹색한 김이라, 그날 사지 않고 할 수 없이 구멍 뚫리고 찢어진 고무신을 이때까지 그냥 걸치고 다녔는데 하필 그것이 벗겨져 순사가 집어다 주다니——아, 쓰기에도 창피하니 그만두자.

가난이 창피가? 성현들의 말씀은 그렇지가 않다 했지만 오늘날 이 서울 풍경을 보면 가난은 확실히 창피요, 또 가난한 살림일수록 어림뻥한 풍설에 더 잘 속아넘어가는 바보다.

내 등뒤에서 악을 쓰며 우는 애기를 앞으로 돌려 자세히 살펴보니 어떻게 된 셈인지 애기의 귀 밑이 조금 찢어지고 피가 흐르고 있었다. 그래도 우유 타러 가는 길은 가야 할 것이다. 그 다음 전차에는 무난히 올라탔다.

부청 상담소에서는 모두가 다 매우 친절하게 대해 주었다. 작년까지만 해도 이런 관청에서 일본말을 못하면 상대해 주지도 않았으나 지금에는 우리 나라 말로 해도 통할 뿐 아니라 친절하게 대해 주는 것이 반갑고 유쾌한 일이었다.

애기를 세밀히 진찰해 본 상담소 의사는 애기 귀의 상처에 약을 바르고 깨끗한 붕대로 처매 주고는 주사도 놔 주고 소젖까지 주었다. 우유는 매일 와서 타 가라고 일러 주기까지 하는 것이었다.

이 우유는 미국서 온 가루우유를 적당히 배합해서 무료로 주는 것이지만, 여러 날 치를 한꺼번에 주는 것은 아니고 매일 와서 타 가야만 된다는 것이었다. 전차 한번 타려고 하면 그런 봉변을 당하여야 하는데 어떻게 매일 올 수 있나? 결국 그림의 떡이다.

하루 치만 타 가지고 와서 애기에게 먹여 봤더니 잘 먹지도 않았다.

그런데 바로 며칠 뒤 참 기쁜 소식을 들었다. 의사의 진단서만 구비되면 어린이에게는 막대한 인공 영양이 되는 설탕가루를 특별히 배급해 준다는 소식이었다. 설탕 두 근 만으로 제한되어 있기는 하지만 두 근이면 몇 달 두고 먹일 수 있으리라고 생각되었다.

의사의 진단서는 쉽사리 얻었다.

애 아버지도 설탕가루 구할 수 있다는 소식에 무척 기뻐했다. 애 아버지가 기뻐하는 데는 이유가 있다. 애 아버지는 여러 해 전부터 커피 중독자였다. 그러나 왜정 말기 삼 년간 진짜 커피는 구경도 못하고 콩가루 대용 커피밖에 없었는데 콩비린내 나는 그 대용 커피는 아예 입에 대지도 않고 참아 왔었다. 그러다가 해방 직후 비 온 뒤 대나무순 돋아나듯 다방들이 열리고 다방마다 진짜 커피가 넘쳐흘렀다. 미군 주둔 군용으로 깡통에 넣은 가루 커피가 원료였지만, 커피에 굶주렸던 그의 혀끝에 와 닿는 커피맛이란 형용할 수 없다고 어느 날 그가 말한 적이 있었다. 그러나 다방에서 파는 커피 한 잔 값이 십구 원이나 되니 한 잔 마실 때마다 목에 걸리더라는 말도 그는 했었다.

그런데 내가 하루는 거리에 나가 보니까 미국 군인용 레이션 통조림 깡통들을 길가에 쌓아 놓고 파는 아이들이 많이 있었다. 이런 물품이 갑자기 그렇게 시장에 많이 나돌게 된 원인은 미군이 우리 나라 전재민 가족에게 한하여 레이션 박스를 헐한 값으로 불하한데 있다는 것이었다. 빈민들이 한 상자에 오십 원씩 주고 사 온 것을 열 배도 더 되는 오륙백 원씩의 폭리로 상인들에게 팔아넘기고 상인들은 다시 폭리를 붙여 아이들에게 행상시키는 것이었다.

나는 호기심을 못 이겨 아이들이 쌓아 놓고 낱 깡통으로 파는 무더기를 자세히 들여다봤다. 대개가 고기 과일 과자 등 통조림들인데 하도 엄청난 비싼 값을 불러 나로서는 단 한 개나마 살 엄두도 낼 수 없었다. 그만 단념하고 돌아서다가 언뜻 내 눈에 띈 것은 내가 고등여학교 재학시에 배워 두었던 영어 단자 몇 마디——커피라고 씌어 있는 조그만 깡통들이었다.

"야, 이건 한 개 얼마냐?"

하고 내가 물었다.

"오 원만 냅쇼."

하고 아이가 말했다. 다른 깡통들에 비해 너무나 엄청나게 싼 호가였다. 더구나 태웅이 아버지 말을 들으면 다방에서는 커피 한 잔에 십구 원씩 한다는데 요놈 한 통만 가지고도 스무 잔도 더 낼 듯싶어 보였다. 얼른 한 개 집어들었다. 그러나 최근에 에누리하는 풍습이 급속도로 늘어가고 있는 것이 퍼뜩 생각나서,

"야, 삼 원만 하자."

하고 깎으면서 깡통을 도로 놨더니 아이놈이 싱글벙글 하면서 고개를 끄덕였다. 야, 이것 참 오늘 내가 횡재하는구나 하는 기쁜 생각을 하며 삼 원을 치르고 한 개 들고 돌아서는데 이놈이,

"아주머니, 그거 시커먼 가루인데 쓰기만 해요."

하고 말하는 것이었다. 이놈이 쓰기만 한 가루를 삼 원씩이나 받고 팔면

서 양심의 가책을 느끼는고나 하는 생각이 들자, 전무하게 인심이 야박해진 지금 세상에 이렇게 순박한 아이도 있고나 하는 생각에 내 가슴은 뭉클했고, 남편이 양심을 고집하는 데 경의를 새삼스레 표하게 되었다.

이삼 원짜리 커피 한 통이 내가 상상했던 것 이상으로 그를 기쁘게 해 주었다. 우선 당장 한 잔! 일변 전기솥에 물을 담아 끓이면서 커피통에 구멍을 뚫었다. 까만 가루가 아니라 자줏빛 가루였다. 찻종에 사르르 쏟는데 강한 커피 냄새가 코를 찔렀다.

"흥, 이 내음!"

하면서 그는 숨을 깊이 들이쉬며 흠향하는 것이었다. 끓는 물을 찻종에 붓고 찻숟갈로 휘휘 저을 때 나는 비로소 집에 설탕이 한 숟갈도 없는 것을 고백했다. 그러나 조금도 실망하는 빛을 나타내지 않는 그는,

"진짜 커피당은 블랙 커피를 마시는 법이야. 노 슈가, 노 크림, 저스트 블랙 커피!"

하고 말하고 나서 그 쓰디쓴 커피를 참말 만족스럽게 감상하는 것이었다.

그랬었는데 지금 설탕 두 근을 배급받을 수 있게 되었다는 것을 알게 된 그는 어린이처럼 기뻐했다.

"애기만 먹이라는 설탕 배급인데요."

하고 내가 따지자 그는,

"그저 열 숟갈만 임시로 꾸지."

했다.

"어린 딸의 것 꾸었다가 언제 갚으시려구?"

"시집 보내는 날 갚아 주지, 허허."

십 리 착실히 되는 구청까지 비지땀을 흘리면서 걸어갔다. 벌써 열 지어 서 있는 사람이 사오십 명 되었다. 구청 직원 출근 시간인 아홉시에 대 왔는데 이 꼴이다. 열시가 지났지만 사무실 내 사무는 아직 시작되지 않았는지 내 앞에 선 사람들 하나도 줄어들지 않고 내 뒤로는 사람들이 얼마나 많이 줄대어 섰는지 뒤를 돌아다봐도 끝이 보이지 않게 되었다.

나는 마음이 초조했다. 집에 두고 온 애기가 울지나 않을까? 좀 차도를 보이던 병세가 갑자기 중해지지나 않을까? 태웅이가 지키고 있기는 하지만 아직 철없는 것. 설탕 두 근 타다 먹으려다가 도리어 애기를 죽이고 마는 것이나 아닌가! 아무리 엉터리인 망상이라도 나처럼 소심한 여인의 뇌리에 자리잡으면 그것은 더욱더 부조리하고 근거없는 방향으로 발전해 나가는 것이었다.

열두시 거의 다 되어서야 내 차례가 왔다. 그러나 의사의 진단서를 제출했더니 신청서 서류가 미비되었다고 퇴짜를 놓는 것이었다. 설탕 배급 신청서에는 의사의 진단서 첨부 외에 애국반 반장과 구청과 동회장의 도장이 일일이 다 찍혀야 된다는 것이었다. 애국반 명부보다도 의사의 진단서가 더 신빙성을 가지고 있지 않느냐고 항의했더니 사무원은 토끼눈을 해 나를 쏘아보면서 설탕 배급이 싫으면 그만두라고 하는 것이었다. 아무리 사정해 봤댔자 무가내하였다.

'왜놈 밑에서 종살이하던 버릇 그대로구나. 그래도 지금은 우리끼린데 왜 조금 더 친절할 수가 없나.'
하고 나 혼자 분개했으나 그것은 내 속만 더 상하게 해 줄 따름이었다.

신청서 수속을 구비해 가지고 이튿날 오후에 구청으로 갔다. 구청 출입문이 꽉 닫혀 있었다. 근처 노점 상인에게 물어 보니 수요일이 되어서 오후에는 사무 안 보기로 되어 있다는 대답이었다. 관청 집무 시간도 잘 모르고 다니는 내가 불민하기는 하지만 건국 사업이 한 초가 아쉬운 이때에 관청에서 전례가 없는 수요일 반공일이 다 웬 말인고? 이래 가지고 나라가 잘 될 수 있을까?

뒤에 알아보니 미국식 집무 시간을 그대로 무조건 따르고 있는 것이라고 한다.

그 이튿날에는 여덟시 이전에 구청으로 가서 한 시간을 문 밖에서 기다렸다. 내가 맨 앞에 서서 있었으므로 아홉시에 문이 열리자 내가 앞장서서 이층 사무실로 올라갔다. 사무실 문은 열려 있었으나 카운터 뒤 의자와 책상들은 아직 텅 비어 있었다.

아홉시 반이나 되어서야 직원 하나가 처음으로 들어왔다. 미끈한 양복 차림인 이 청년은 카운터 뒤에 빽빽이 열지어 서서 초조하게 기다리는 사람들을 전적으로 무시하고, 책상 앞에 앉아서는 서랍을 열어 손바닥만한 면경 한 개를 꺼내 왼손에 들고 얼굴을 비추면서 저고리 안 포켓에서 빗을 꺼내 머리를 빗기 시작했다. 포마드를 짙게 바른 머리칼이 번들번들 빛났다. 수십 쌍의 성낸 눈들이 그를 응시하고 있는 것도 전적으로 인식 못하는 듯 그는 머리 빗기에 여념이 없었다.

한참 뒤에야 또 한 직원이 고급 양복 차림으로 사무실로 들어와 머리 빗고 있는 청년 옆 의자에 앉았다. 이 사람의 맨 첫번 동작은 번들번들 빛나는 시거레트 케이스를 점잖은 태도로 열고 양담배 한 가치를 꺼내 물고는 미제 라이터로 불을 붙여 한 모금 길게 빨아들이는 것이었다.

사무실 의자가 다 차는 것은 열시가 지난 뒤였다.

꼬박 세 시간 기다려 설탕 배급표 한 장을 받아들고 문밖으로 나섰다.

배급소는 가까운 데 있는 점포로 지정되어 있어서 나는 기쁜 마음으로 뛰어갔다.

그러나 배급소 문밖에는 이미 수백 명이 줄지어 서 있었다. 내가 관찰력이 예민해서 줄지어 서 있는 사람들이 들고 있는 빈 용기에 착안했었거나, 붙임성이 있어서 그들과 말을 주고받기만 했더라도 나는 그 줄에 한 시간 이상 서 있지 않았을 것이다.

한 시간 착실히 기다려 배급 타 가지고 점포로부터 나오는 사람들의 모습이 잘 보이는 거리까지 가서야 그들이 배급 타가는 것은 설탕이 아니고 미국서 온 밀가루라는 것을 알게 되었다.

대열을 떠나 맨 앞으로 가서 끼여들려고 했더니 새치기하지 말라고 수십 명이 한꺼번에 욕설을 퍼붓는 것이었다. 설탕 배급표를 옆의 사람에게 보여 주고 사정하여 겨우 자리 양보를 받았으나 사정을 모르는 뒤에 섰는 사람들은 양보해 주는 사람까지도 욕하는 것이었다.

창구로 다가서서 설탕 배급 타러 왔노라고 했더니,

"설탕 배급은 모레부터 시작해요."

하고 점원이 퉁명스럽게 말했다.

옆으로 빠져나오며 나는 그런 것쯤 종이 한 장에 써서 점포 벽에 붙이질 않고. 그만한 친절도 베풀 줄 모르는 배급소! 하기는 배급소 지정받는 것도 돈 쓰고 빽 써서 받은 것이니까 세도 쓸 만하겠지만. 그러나 민족의 지도자들을 개 욕하듯 욕설을 두 발 세 발도 더 긴 종이에 써서 도처에 내 붙이는 종이는 넉넉하면서도 손바닥만한 종이 한 장이 아깝다는 말인가!

그리고 또 오늘 설탕 배급 못 줄 이유는 무엇인고? 수백, 아니 수천 명이 헛걸음치는 걸 미안하게 생각할 양심조차 없는 이 나라 장사꾼이란 말인가?

하기는 이런 일 당하는 것이 이번이 처음은 아니었다. 배급 탈 때마다 다소간 차이는 있으나 사람 대접 못 받는 것은 예사였다. 우리반 쌀 배급(말만 쌀이지 그 실은 밀가루 아니면 옥수수) 지정일이 매달 구 일, 십구 일, 이십구 일인데 그 어느 한 날도 두세 시간 기다리지 않고 배급 타 본 일이 없었다.

지난달 이십구 일에 나는 새벽 다섯시에 배급소로 갔었다. 그때 벌써 나보다 먼저 온 사람 수십 명이 줄지어 서 있었다. 아홉시까지 네 시간 동안 앉았다 섰다 하며 기다렸다. 그 시각 내 뒤에는 적어도 삼백 명 이상 사람들이 서 있었을 것이다.

아홉시가 되어도 점포 문이 열리지 않았다. 반 시간 뒤에야 쪽문만 열고 머리만 내미는 주인이 이날 배급은 내일 주겠으니 헤어졌다가 내일 다시 오라고 선언하고는 아무런 이유 설명도 없이 머리를 안으로 들이밀고 쪽문을 닫아 버렸다. 손바닥만한 종이 한 장에 '배급 내일로 연기'라는 간단한 문구를 써서 문짝에 붙여 주었더라면 이 많은 사람들이 몇 시간씩 기다리지 않았을 것인데——배고프고 피곤하고 지루한 걸 죽자 하고 참

으면서,

"소리 안 나는 총이 있었으면, 그저, 응!"

하고 혼잣말을 하시곤 하시던 할아버지의 기분을 지금 나도 잘 이해할 수 있었다. 왜정 때 순사한테 공연한 욕을 먹은 뒤 홧김에 할아버지가 하시곤 하셨던 말이다. 지금에는 왜놈들은 다 가고 우리 나라 사람들끼리만 살고 있는데, 동포를 '소리 안 나는 총이 있으면 쏴 죽이고' 싶은 생각을 나 같은 여자에게까지도 일으키도록 만들어 주는 이런 비극이 어디 또 있을 까!

무어요?

설탕 배급은 탔느냐고?

물론 탔지. 그런데 그 설탕이 흰 설탕이 아니고 누런 설탕이었기 때문에 영옥이 아버지는 딸의 설탕을 꾸지 않게 되었다.

대학교수와 모리배

대학교수는 우울했다. 통분했다.

지구라고 부르는 땅덩이 위에는 별 괴물이 다 살고 있었다.

소위 만세일계(萬世一系)의 천황(天皇)을 신이라고 맹신하고, 신풍(神風)의 힘을 빌려 이 지구 위에 사는 전 인류를 정복해 한 손아귀에 넣을 수 있다는 미신에 감쪽같이 속아 전 재산을 아낌없이 희생하는 어리석은 대중이 어떤 섬에 살고 있었다.

이 섬 현해탄 저쪽 반도에 살고 있는 식민지 사람들은 그런 엉터리 미신을 절대 믿지 않으면서도 통치자의 압력에 못 이겨 끽소리 못하고 통치자의 꼭두각시로 만족하고 있는 바보였다.

또 태평양 건너쪽 대륙에는 원자력의 절대성을 믿고 핵무기만 사용하면 일본이라는 섬나라는 문제없이 패배시킬 수 있다고 믿는 '문명인'이 살고 있었다.

결국 이 제삼자가 전쟁에 이기고 그 덕에 한반도 사람들은 해방되었다.

아! 감격의 눈물은 쉴 새 없이 흐르고 만세 소리는 천지를 진동시켰으며 만 백성의 가슴은 희열로 가득 차게 되었다. 사 개국 연합군이 함께 한반도에 진주하여 일본군 무장 해제만 하고는 즉시 물러갈 거고, 독립국 건설은 기껏 한 반 년쯤 걸리겠지 하고 생각하는 삼천만 명 민중 중의 이 대학교수도 한 사람이었다.

청천벽력이라는 문구는 많이 들어왔지만, 삼팔선을 기점으로 미국, 소련 양국 군대가 한반도를 분할 점령한다는 소식이야말로 정말 청천벽력이었다. 우물 안 개구리였던 대학교수는 너무나 달콤했던 꿈에서 너무나 싱겁게 깼다.

해방되었다고 너무나 감격했던 정비례로 대학교수의 우울은 신경쇠약에 걸릴 정도로 심각하게 됐다.

정신적 타격만이 아니었다. 사십 평생에 처음 맛보는 굶주림.

하기는 그가 중학, 전문학교 재학시 고학을 했기 때문에 배도 많이 곯아 봤으나 그때 배고픔은 자기 혼자 겪는 것인 동시에 학업을 닦기 위한 잠정적인 고생이라는 생각으로 자위할 수 있었다.

그러나 지금에는 자기 혼자뿐 아니라 가족까지 굶기는 고통, 생활 방도의 무능을 자각하는 그는 삶에 대한 공포심과 자포자기감에 사로잡혀 있는 것이었다.

일전에는 한 대학에서 강의하는 동료 하나가 일부러 찾아와서 대학교수 집어치우고 담배 밀조 공장을 차려 놓으면 자본 얼마 안 가지고도 벼락부자가 될 수 있다고 권고했었다. 자본금은 장서 몇 권만 내다 팔면 넉넉하다고 하며, 농담이 아니라 진담이니 한번 해 보자고 간곡히 권하는 것이었다.

한참 동안 그 친구 얼굴을 빤히 바라보던 그는,

"나는 담배를 끊었소." 하고 딴전을 해 보내고 말았다.

눈이 내린다.

방은 얼음장처럼 차다.

대낮에도 이부자리를 펴고 쓰고 앉아 있어야만 견딜 수 있었다.

아내는 안 나오는 젖꼭지를 어린 것에 물려 봤으나 애기는 투정만 했다. 애기를 내려놓고 부엌으로 내려간 아내는 한 손에는 미국제 통조림 우유 가루통, 한 손에는 숟갈과 사발을 들고 방 안으로 도로 들어왔다.

그녀의 두 손이 유난히 교수의 눈에 띄었다. 북덕 갈고리같이 되어 버린 손, 옴두꺼비 등처럼 돼 버린 손등! 교수가 그녀와 결혼할 때 신랑 자신이 무엇보다도 가장 홀렸던 것이 신부의 아름다운 손이었고, 그의 친구들도 그녀의 손에 찬사를 아끼지 않았었다.

결혼식 때 주례 앞에서 그녀의 무명지에 결혼 반지를 끼워 줄 때, 사모 관대하고 쪽도리 쓰고 하는 구식 결혼식이 아니고 서양식인 바에야 서양식 그대로 그 붓끝 같은 손가락에 키스를 할 수 있었으면 얼마나 좋을까 하는 생각에 그의 입술이 달았던 기억이 아직 남아 있었다.

그런데?

교수의 눈이 동그래졌다.

결혼 반지가 보이지 않기 때문이었다. 그녀의 손이 북덕 갈고리같이 된 후에도 무명지에는 반지가 언제나 빛나고 있었다. 낮이나 밤이나, 아무리 궂은 일을 할 때에도 그 반지는 그녀의 손가락에 낀 채였었다. 그 반지는 교수와 아내의 사랑의 상징, 백년해로하겠다는 맹세를 인 찍은 고리, 죽을 때까지, 아니 죽어서 무덤 속에 묻힐 때까지, 그녀의 몸이 한 줌 흙으로 환원한 뒤에까지 그 반지만은 녹슬지 않고 썩지도 않고 영원토록 광채를 발하게 될 물건이 아닌가!

그의 가슴이 섬찍했다. 남편의 표정이 그녀의 눈에 어떻게 띄었는지 우유 타려던 손이 치마 속에 숨겨져 오들오들 떨고 있었다.

교수는 고래고래 소리 지르고 싶은 충동을 억누르느라고 몸을 푸들푸들 떨면서 후닥닥 일어나 밖으로 나갔다. 한 달 이십 퍼센트의 금리(金利)를 토색하는 옆집 고리대금업자 노파의 피둥피둥한 모습이 퍼뜩 그의 눈 앞에 어른거렸다.

이날 해질 무렵 눈이 두 자나 쌓인 남산 꼭대기 난간에 홀로 기대어 서 있는 자기 모습을 그는 발견했다. 어떻게 해서 거기까지 올라오게 되었는지 저 자신도 몰랐다. 술 취한 것이 절대 아니었다. 술을 입에 대 본 것은 까마득한 옛날이었다. 재작년까지만 해도!

고요한 밤에 어린 것들을 옆에 나란히 눕혀 놓고 강의 준비를 하던 시절, 정치적 자유와 학문하는 자유는 물론 거부되어 있었지만 그래도 이럭저럭 입에 풀칠은 할 수 있었다. 마치 동화에 나오는 고양이처럼, 자유를 찾으려고 주인 집을 뛰어나가 돌아다니다가 며칠 못 가서 굶는 자유보다도 구속받으면서도 목숨을 이어가는 것이 상책이라고 자각하고 도로 주인 집으로 기어 들어왔다는 그 고양이처럼.

그 당시 정세로 보아서는 단지 하나의 희망적 관념이기는 했지만, 언제든 일본이 망하는 날이 오려니 일맥 광명을 마음속 깊이 간직하면서 자기가 죽을 때까지 이 민족의 젊은이들에게 절름발이 교육이나마 베푸는 데 자긍심을 가지고 있었고 그것이 자기 일생의 임무라는 자각을 가지고 그날 그날을 참고 견디어 왔던 것이었다.

그런데 오늘? 해방, 자유, 독립의 환상을 그리며 미친 듯이 감격했던 그날부터 이태가 지나지 않은 이때 긴긴 밤에 전깃불이 일 초도 안 들어오고, 초 한 자루 값이 사십 원. 사십 원이 아쉬워서 촛불조차 못 켜고 어둡고 추운 방에 우두커니 앉아서 팔랑개비처럼 한 곳으로만 도는 정신적 혼돈을 되풀이하면서 헤아릴 수 없는 분노와 자포자기. 몸이 떨리고 허기증이 나고. 담배 꽁초라도 있었으면!

외국 군대보다도 더 썩어빠지고 비루해진 동족을 마구 저주해 주고 싶은 심정으로 그날그날을 보내는 그였다. 소위 지도자라는 것들이 자기의 민중을 이렇듯이 무자비하게 속이고 착취하고 걷어차 버린 전례가 역사상 또는 지리상 어디 언제 또 있었던가.

정작 나이보다 십 년이나 더 늙어 보이는 아내! 시집 올 때에는 그래도 남부럽지 않을 정도로 마련해 가지고 와서 아끼고 아끼던 물건들을 해방 직후부터는 곶감 뽑아 먹듯이 뽑아 먹고 난 이때, 결혼한 이래 이십여 년간 현모양처로 자타가 인정해 온 그녀의 도톰한 입에서 결국,

"남들은 다 공공연한 도둑놈들이 됐는데 당신 혼자 그 알뜰한 절개를 지켜 무슨 소용이우? 누가 당신 충렬비 세워 준답디까!"

하는, 쌓이고 쌓였던 포달이 급기야 둑 무너진 홍수처럼 쏟아져 나오고야 말았었다. 이 말이 그에게 무척 야속스럽게 생각되었으나 다시 생각해 보면 꼬챙이같이 여윈 아내와 자식들을 앞에 놓고 체면이니 양심이니 하고 잠꼬대하고 있는 자기 자신이 정말 쓸개빠진 바보라고 생각되기도 했다. 이만큼 이 고결한 교수가 타락해 버린 것이었다.

박 교수라는 이는 소학교에 다니는 딸을 시켜 학과 파한 후 미국 담배 행상을 하게 해 아버지가 대학에서 받는 월급보다 몇 배나 되는 큰돈을 벌어들이고 있다는 말을 들은 지 벌써 오래건만, 자기는 자기 딸을 그런 데로 내세울 만한 용기도 주변도 없는 것을 스스로 타매하는 것이었다.

눈 맞아 가며 남산 꼭대기에 서 있는 교수는 될 수 있는 대로 공허한 머리를 가지려고 애쓰면서 발 아래 깔린 서울 시가지를 내려다봤다. 거리거리는 명암(明暗)의 모자이크인 양 사방이 고요하고 사람은커녕 개 한 마리 얼씬 안하고 잠들어 있는 것 같았다.

눈만 펑펑 쏟아지고 있었다.

바로 옆에 인기척을 느끼는 교수는 본능적인 공포를 깨달으면서 본능적인 방어 태세를 취했다. 두껍고 값진 외투를 입은 비대한 사나이 하나가 그의 옆으로 바싹 다가서며 유심히 얼굴을 들여다보는 것이었다.

"아, 이거!" 하고 그들 둘이 한꺼번에 놀라고 반가운 소리를 냈다.

"자네 웬일인가?"

"자넨 또 웬일인가?"

"참 별 데서 다 만나네. 세상이 좁긴 좁아. 나두 별놈이거니와 자네도 별놈일세. 지금이 어느 때라구 이런 곳을 혼자 유유히 산책하고 있다니."

"피차 일반이지, 뭐야."

"고민, 심각한 고민, 또 그리구 걷잡을 수 없는 죄의식, 절망, 환멸,

그것들이 사람에게 이런 괴이한 행동을 하도록 만드는 거야."

"나 역시 마찬가지……."

"아니, 자네는 고민할 건덕지가 없는 사람이라는 걸 난 잘 알구 있어. 해방 덕택에 지금 당당한 교수로 승급됐을 뿐 아니라 자유롭게 가르칠 수 있게 되고."

"빛좋은 개살구지, 아무것도 아냐. 자네야말로 원래 수단도 좋고 활동가니까. 지금 한몫 잘 보겠네그려."

"그렇구말구, 한몫 톡톡히 잘 보지. 모리배, 전형적인 모리배!"

"모리배라니? 무슨 말을 그렇게……."

"흥, 원래 고지식한 학자님이라 모리배라는 문자도 못 들었나 보군. 왜 요새 신문마다 때리는 모리배라는 족속이 있지 않나."

침묵.

한참 뒤 모리배가 다시 입을 열었다.

"고민, 절망, 환멸! 이것이 모리배의 심정이야. 자네들 유의 모순된 생활을 나도 대강 짐작은 해. 그러나 자네들 같은 책버러지 꽁생원들은 이러니 저러니 해도 아직 양심을 견지하고 있다는 사실을 나는 믿고 탄복하고 존경하고 있어. 이런 혼란 중에서도 건국의 기둥이 될 동량들을 가꾸어 내는 위대한 사명을 어깨에 지고 있는 자네들이 아닌가. 나 같은 놈이야말로 참말로 인제 인종지말이 다 됐지. 나 같은 놈 신문에서 아무리 욕을 해도 눈썹 하나 까딱 않고 모리에만 급급하고 있는 게 사실이지. 그러나 말이지, 모리배보다도 더 진짜 악질은 탐관오리들이야. 똑바로 말하자면 탐관오리는 제일 더러운 쓰레기통이요, 모리배는 정정당당한 상인이지. 탐관오리는 법률상으로 보나 도덕상으로 보아 틀림없는 죄인이지만, 모리배는 권력자가 억지로 제정해 놓은 법률에는 위법 행동을 하고 있다고 볼 수 있지만 하느님 앞에서는 범죄자가 절대 아니란 말야. 내 말 알아듣겠나? 장사꾼이란 언제나 어디서나 무슨 수단 방법으로든지 싸게 사서 비싸게 파는 것이 상도덕이거든……."

침묵!

양담배를 꺼내 미제 라이터로 불을 피워 문 모리배는 교수에게도 한 대 권했다. 교수는 담배 끊었던 맹세를 파계하고 말았다.

"후우! 여보게, 내가 무슨 수단이 좋아서가 아니라 술 잘 먹고 돈 잘 쓰고 계집 소개 잘 해서 돈푼이나 꽤 벌었지. 그렇다고 내가 돈 버는 것만으로 만족하고 있다고 생각하나? 흥, 만족! 여보게, 내가 이 눈 내리는 밤중에 술도 안 먹고 맑은 정신으로 이 꼭대기까지 혼자서 올라오게 된 동기를 이해해 줄 수 있겠나? 여보게, 저 아래 눈 속에 싸여서 깨끗해 보이는 지붕들을 지금 이 시각에 모두 떠들고 볼 수 있다면 그 안에서는 술, 돈, 계집이란 삼위일체(三位一體)가 난무하고 있을 걸세. 노상 그 삼위일체 속에 파묻힌 내가 돈, 돈, 돈을 벌면서도 문득 내가 이로 인하여 내 영혼이 영원한 벌을 받게 되려니 하는 공포를 느끼곤 한다네. 왜 우리 학교 다닐 때 구약성경 배우지 않았나. 소돔과 고모라! 소돔과 고모라가 유황불 세례를 받기 바로 일 초 전까지도 술과 돈과 계집에 도취되어 있었다고 성경에 씌어 있지. 그런데 말일세, 지금 이 서울 장안에 그래 의인(義人) 열 사람이 있을까? 천사는 소돔 성내에 의인 열 사람만 있어도 그 의인들의 덕을 살펴서 만 사람의 죄를 용서하고 멸망시키지 않겠다고 그랬지. 그런데 바로 자네가 열 사람 의인들 중 하나란 말야. 그러니까 이 서울 안에 자네 같은 사람이 단 열 명만 있으면 우리 같은 모리배도 그 덕에 하느님의 진노를 면하고 살아갈 수 있단 말야. 난 그걸 진심으로 감사해."

모리배는 지폐 한 뭉치를 꺼내 교수의 포켓에 틀어넣었다. 교수는,

"아니, 이게 무슨 짓인가? 날 모욕하는 건가!"하고 분개했다.

"모욕이라니, 천만에. 여보게, 오해하지 말게. 이것이야말로 나로서는 아무런 악심없이 정정당당하게 돈을 써 보는 유일한 기회야. 지옥에 빠진 나로서. 무어라구? 옹졸한 소린 제발 말아 줘. 소위 지도자들 또는 관리들은 이 돈뭉치 열 개 스무 개도 더 되는 뇌물을 안겨 주어야만 서류에

도장을 찍어 준단 말야. 그 개자식들하고 술 자리에 앉아서 하루 저녁 쓰는 돈의 십분지 일도 못 되는 적은 돈일세. 그러나 제발 거절하지 말아 줘. 지금 나는 아무런 사심 없이 조건 없이 깨끗하게……."

말을 채 끝내지 않은 모리배는 횡하니 언덕 아래로 뛰어내려갔다.

교수는 얼이 빠져 산 아래로 천천히 걸어 내려갔다.

무조건 그 돈뭉치에는 매력이 있었다. 어서 집으로 돌아갈 궁리. 그 돈을 가지고!

결혼 반지를 도로 찾아다 낀 아내의 손가락이 그의 눈앞에 어른거렸다.

전차길에 다다르니 막 전차가 정류장에 서 있었다. 승객들은 목숨내기로 이리 밀고 저리 밀리면서 아우성치고 있었다.

얼결에 만용이 솟은 교수는 사람 떼를 뚫고 결사적으로 전차에 올라탔다.

교수는 단숨에 집에까지 뛰어갔다.

구두 벗을 경황도 없이 방 안으로 뛰어 들어서는 그는 숨찬 목소리로,

"여보, 이 돈!" 하고 소리 치면서 손을 포켓에 넣었다.

"앗!"

무서운 고함소리.

소매치기!

"아, 아, 소매치기, 아, 아!"

그는 소리 질렀다.

아내는 놀란 눈으로 남편이 쑥 내민 빈손을 바라봤다.

이를 부득부득 가는 대학교수는 펴든 빈손을 언제까지나 언제까지나 내리우지 못하고 선 채 몸을 와들와들 떨었다.

여대생과 밍크코트

밍크코트를 움켜잡은 박정옥은 울음을 터뜨렸다. 흐느끼는 그녀는 이빨로 코트를 물어뜯고 손톱으로 할퀴는 것이었다. 이가 아프고, 매니큐어한 긴 손톱들이 찢어져 손가락 끝에서 피가 나오는 것을 개의치 아니하면서.

크리스마스 선물로 받은 코트였다.

그녀의 아버지가 보내 준 선물.

부산에서 무역업에 종사하는 아버지가 그의 자가용 세단 운전사에게 시켜 그녀에게 갖다 준 코트였다.

정옥이가 미친 듯이 울부짖으면서 코트를 할퀴고 물어뜯고 있는 동안 구겨진 채 방바닥에 떨어져 있는 편지 한 통을 김영주가 집어들었다. 구겨진 걸 손바닥으로 편 영주는 그 편지를 소리 안 내고 읽었다.

정옥아…… 나는 사업상 급히 일본으로 가야 할 일이 생겨서 네게 보내는 밍크코트를 손수 가지고 가지 못하고 운전사 황군편에 보낸다. 예년과 마찬가지로 겨울 방학이 되어도 네가 집으로 오지 않을 것이 확실해

황군에게 부탁해 서울로 올려보내는 것이다. 소포로 부칠 수도 있지만 너무나 값진 물건이어서, 신용할 수 있는 인편으로 보내는 것이다. 백만 원짜리 코트이니까 최고품이다. 그러니 너 이걸 받고 공부 좀더 열심히 하기 바란다. 지나간 해 네 성적이 그리 좋지 못하다는 걸 나는 알고 있다. 졸업반에 들어가 성적을 훨씬 올려 주면 졸업 후 너 하고 싶은 것 다 해 주기로 약속한다……

이 사연을 읽는 영주는 한숨을 포옥 쉬었다. '우리 아버지에게는 백만 원은 엄두도 못 내겠고 삼천 원 돈이라도 있어 싸구려 외투 한 벌이라도 사서 나에게 선물로 보내 주신다면, 난 얼마나 행복할까──고등학교 입학하자부터 지금까지 오 년 내리 학비며 생활비를 내가 자작 벌어 대 온 만큼, 아버지도 아무리 궁색하더라도 생각만 계시다면 값싼 외투 한 벌 사 입으라고 돈 좀 보내 줄 수 있으련만…… 뭐라구? 나 외투 사 입으라고 보낼 돈이 아버지에게 어디서 생긴단 말인가? 농사 짓는 아버지, 그 흔해진 양복 한 벌 못 사 입으시고 평생 사시는 분인데.'라고 영주는 생각했다.

큰 부잣집 딸인 정옥이가 이번 겨울방학에도 자기 집으로 내려가지 아니한 이유를 영주는 짐작하고 있었다. 그러나 정옥이의 그런 감정은 배부른 흥정이라고 영주는 생각하는 것이었다.

하기는 영주 자신도 서울로 유학 온 후 오 년 동안 여름방학이건 겨울방학이건 한 번도 시골 집에 가 본 일이 없었었다. 방학중에도 악착같이 돈을 벌어야만 했기 때문이었다.

아니 지난번 여름방학에는 한 주일간 부산에 내려가 해수욕을 즐긴 일이 있었었다. 정옥의 간곡한 권유를 물리칠 수 없어서 함께 간 것이었는데 모든 비용은 정옥이가 부담한 것이었다.

그때 영주가 정옥이의 아버지를 한번 잠깐 만나 본 일이 있었었다. 정옥의 집에서가 아니라 해운대 호텔 로비에서 만난 것이었다. 호텔에 든 딸의 전화를 받은 아버지가 돈보따리를 가지고 딸을 보러 호텔로 찾아온 것이었다.

정옥의 아버지는 위풍과 교양이 있고 위트도 풍부한 오십대 신사라는 인상을 영주에게 주었던 것이었다.

본 나이보다 십 년이나 더 늙어 보이는데다 꾀죄죄하고 미웁한 자기 아버지와 비교해 볼 때 하늘과 땅의 차이였다. 그런데 그런 아버지를 정옥이가 왜 싫어, 아니 경멸까지 하는지를 영주가 그때까지도 꼭이는 잘 몰랐다——간접적으로 제삼자를 등장시켜 어떤 의미심장한 말을 정옥이가 가끔 던지곤 했었지만, 그것들이 정옥이 자신이 직접 겪은 경험이리라고는 미처 생각 못했던 영주였다.

아버지가 밉다손 치더라도 그래도 기껏 맘먹고 사 보낸 코트를 물어뜯고 할퀴면서 흐느껴 우는 정옥의 심정을 영주는 이해할 수 없었다. 자기 같으면 값싼 외투라도 아버지가 한 벌 사 준다면 즐겁고 고마운 눈물을 흘리면서 그 외투를 껴안고 뺨에 비벼 대면서 행복에 잠기게 될 것이었다.

영주가 정옥이를 처음 알게 된 것은 작년 겨울, 그러니까 대학 이 학년 둘째 학기를 끝낸 겨울방학 때였다.

크리스마스를 며칠 앞둔 어떤 날 밤, 얼어붙은 눈 위에 새로운 눈이 살짝 덮인 좁은 꼬부랑 언덕길을 영주가 걸어 올라가고 있었다.

외투도 못 입고 장갑도 못 껴 시려 들어오는 두 손을 양복 바지에 찌르고 가파르고 미끄러운 길을 조심조심 그녀가 걸어 올라가고 있었다.

길이 꼬부라지는 데까지 거의 다 간 때 위로부터 별안간 강한 헤드라이트 빛이 쏟아져 내려오는 통에 눈이 시어진 영주는 앞을 볼 수가 없었다.

자동차 바퀴가 얼음판 위에 찌이익 하는 강한 마찰 소리를 내는 것을 듣는 것 같은 기분이 든 영주는 비켜 서려고——비켜 서 봤댔자 너무 좁은 길이라 멈추지 못하는 한 택시는 곧바로 굴러 내려올 것이 분명하고

그리되면 차 밑에 깔릴 수밖에 없는 좁은 길에──하다가 미끄러져 몸의
균형을 잃어 자빠지고 말았다.

그녀가 정신을 잃었던 모양이었다.
깨어 보니 어느덧 날이 새었고, 자기는 푹신한 침대 위에 누워 있는 자
신을 영주는 발견했다.
눈을 굴려 두리번 살펴봤다. 병원 입원실임에 틀림없었는데 침대 하나
만 놓여 있는 독방이었다.
어젯밤 자동차를 피하다가 얼음판에 미끄러져 넘어졌던 생각이 되살
아났다.
'요행히 목숨은 건진 모양인데 누군가가 입원을 시켜 주었으니 중상을
입었단 말인가?'
고 생각되어 공포감이 끓어올랐다.
겁이 덜컥 난 그녀는 상반신을 일으키려고 했다. 바른팔이 지끈 아팠
다.
신음소리를 내며 그녀는 도로 누웠다.
"정신이 들었군요."
라고 말하는 젊은 여성의 목소리가 들려 왔다. 그 소리가 나는 방향으로
그녀는 고개를 돌렸다. 첨 보는 아가씨였다.
"정말 미안해요. 하지만 천만다행이었어요. 불행중다행. 팔꿈이 골절
되었지만 곧 기브스를 댔는데 의사님 말씀이 아무리 늦어도 보름이면 완
쾌된대요. 그런데 엉겁결에 차에 태우고 병원으로 달려왔는데, 전등불 아
래서 자세히 보니 내가 다니는 대학 배지를 달고 있더군요. 그러니 우린
동창생이어요. 무슨 과 전공이지요, 미스⋯⋯?"
"김영주. 심리학 전공요."
"난 박정옥이고, 사회학 전공이어요."
"지금 몇 시나 됐지요?"

"아침 여덟시 조금 지났어요. 미스 김의 손목 시계는 내가 이 핸드백 속에 잘 보관해 두었어요. 유리가 깨졌군요. 좀 있다 시계방에 갖다 맡기 겠어요…… 유리만 갈아 끼울 게 아니라 맡기는 김에 분해청소까지 말끔히 해다 돌려 드릴게요."

"어머, 그렇게까지. 고마워요. 그러나 미안해서……."

"미안한 건 나예요. 나 땜에 미스 김이 부상을 입었으니까."

"그런데 난 지금 전화를 꼭 걸어 줘야 할 데가 있는데 어떡허지요?"

침대 머리맡 탁자 위에 놓여 있는 수화기를 쳐들어 보이는 정옥이가,

"몇 번에 걸지요?"

라고 물었다.

"그거 이리 주어요."

라고 하면서 왼팔을 내밀던 영주는 가는 비명을 발했다. 깁스한 바른팔이 땅겼기 때문에.

"무리할 필요 없어요. 내 걸어 줄게 번호만 불러 주어요."

수화기에다 대고 번호를 부르고 난 정옥이는 수화기를 도로 놓고 말했다.

"좀 있으면 연락 올 거예요. 댁에 거셨나요? 그렇다면 내가 먼저 사과 말씀드리고 나서 수화길 미스 김 입 가까이 대 드릴게요."

"집에 거는 거 아니어요."

"아, 그럼, 보이프렌드?"

"아, 아니요."

"숨길 필요 없지 않아요. 금방 탄로날 것을…… 음, 미스 김 몇 학년 이지요?"

"3학년으로 올라가요."

"그래요. 그럼 나와는 동기 동창이군요. 과는 다르지만…… 무척 이 상스런 사고로 만나게 되긴 했지만 역시 인연인가 보죠. 그런데 나도 입 학 시험 치를 때 제일지망은 심리학과였었어요. 그런데 심리학과 커트라

인엔 내 성적이 미달이고 제이지망이었던 사회학과 커트라인엔 거뜬히 들게 되어 그 과로 옮겨 날 합격시켜 준 것이었어요. 그런데…….”

전화 벨이 울었다.

정옥이가 쳐들어 주는 수화기에 대고 영주가 말을 했다.

“가정부 아주머니셔요? 예, 예, 그래요. 저예요…… 웬일이냐구요? 어젯밤 얼음판에 미끄러져 넘어지면서 발목을 삐어서 못 갔어요…… 아니, 뭐 과하지 않아요. 발을 디디면 새큰해서 걷기가 어려울 뿐이에요 …… 지금 친구네 집에 신세지구 있어요. 곧 낫게 될 거고 걸을 수 있게 되면 지팡이 짚고라도 갈 테니까 과히 염려 마셔요…… 예? 예, 대 주셔요…… 오, 혜숙이냐! 나 미안하게 됐어…… 아니야, 괜찮아. 곧 나을 거야. 여기? 친구 집이야…… 아니, 혜숙아, 너 예까지 올 필요 없어 …… 중상이 아니길래 이렇게 전화 걸 수 있는 거 아니니…… 아니야, 엄마에겐 나 대신 네가 사과드려 주고, 나 없는 동안 그간 배운 거 혼자 복습해…… 응? 그래, 그래…… 꼭 복습해야 돼…… 아니야, 그럴 필요 없어. 전화 끊는다.”

수화기를 전화통에 놓자마자 정옥이가 다그쳐 물었다.

“왜 거짓말을 하지요? 똑바로 말해 주는 게 더 좋았을 건데.”

“오 년 동안 이 주인님 저 주인님 섬기면서 터득한 필요악…….”

“어머, 그럼 고등학교 때부터 가정교사 길에 나섰단 말요?”

영주는 미소로 대답했다.

“그럼 댁은 어딘데? 알려 드려야 할 거 아니어요. 전화가 없으면 내가 가서라도…….”

“소용 없어요. 집에 알려 주었댔자 입원비 마련해 가지고 달려올 형편이 못 되고. 되려 공연히 놀라 걱정들이나 하게 될 거니까 소식 알리지 않는 편이 좋아요. 미안한 일이지만 입원비나 치료비를 내가 지금 당장 낼 도리는 없으니, 얼마 동안만 대불해 주면 될 수 있는 대로 단기일에 갚아 주겠어요. 그리고 한 가지 부탁이 있어요. 난 잘 모르지만 이 방은 특등 입원실같이 보이는데 지금 곧 삼등실로 옮길 수속을 해 줘요."

"천만의 말씀. 그건 안 돼요. 절대로. 미스 김은 어디까지나 피해자라는 점을 명심해요. 어젯밤 그 시각에 내가 탄 택시가 그 장소에 별안간 나타나지 아니했었던들 미스 김이 넘어지지 아니했을 것이라는 것을 똑똑히 인식해 달라 그 말씀입니다. 그렇다고 해서 미스 김이 그 택시 소유주하고 옥신각신 다투라는 말은 아닙니다. 내가 그 택시 넘버를 기억하고 있는 이상 이번 사고의 해결을 택시 소유주와 미스 김에게 맡겨 버리고 나는 물러나 구경이나 하고 있을 수도 있어요. 하지만 미스 김 태우고 병원으로 오는 도중 나에게는 이런 생각이 들었어요. 내가 조금 전 그 시각에 그곳에서 이 택시를 잡아타질 아니했더라면 이 차는 그 길로 내려오지 아니하고 딴 길로 갔을 가능성이 풍부한만큼 사고의 직접 원인은 나 자신에 있다고. 그러다가 병원에 다다라 응급치료실로 가서 미스 김의 블라우스가 벗겨질 때 거기 꽂혀 있는 대학 배지를 보고 나는 내가 꼭 책임져야만 할 일이라고 느끼게 됐어요. 한대학에 다니면서도 첨 보는 동창, 그것도 몹시 가난해 보이는 여자 동창을 도와 줄 수 있는 기회가 온 것은 신의 계시라는 생각이 들었어요. 돈을 물쓰듯 쓰면서도 삶에 대한 권태와 증오만 느껴 오던 나에게 단 한 번이라도 보람 있는 일을 할 수 있는 기회가 나에게 주어졌다고 생각했어요. 이렇게 말하는 나를 건방지다고 욕을 해도 나는 달게 받겠어요. 자포자기 기분으로 낭비해 오던 돈을 한 번만이라도 유효적절하고 보람 있는 방면에 써 볼 수 있는 행운을……."

"아. 그만, 그만. 날 모욕하는 겁니까 뭡니까──이래봬도 나는 구호 대상자가 아니란 말요. 미스 박이 얼마나 큰부자인지 내가 알 도리가 없고 또 알 필요도 없지만, 내가 설사 피해자라 할지라도 자동차에 일부러 치우고는 부상을 과장해 가면서 치료비를 뜯어 낸다는──일전 신문 보도에서 읽었지요만──그런 철면피가 아니라는 걸 지금 똑똑히 알려 드려요. 아무리 가난하게 자랐지만 불로소득을 넘겨다본 일은 절대 없었단 말요. 강원도 두메산골에서 감자 농사 짓는 우리 아버지도 굶으면 굶었지 구호나 공짜 횡재는 바라는 일이 없이 평생 살아오셨어요. 돈 많은 사람들은 돈만 가지면 세상 만 가지 일이 다 해결되고 성사된다고 믿는 것 같지만, 그건 오산이어요. 돈에 굴하지 아니하는 사람들 수효가 굴하는 사람들 수효보다 압도적으로 더 많다는 사실을 인식해야 돼요. 돈에 굴하는 자들의 일은 신문에 크게 보도되고, 굴하지 아니하는 사람들의 일은 보도되지 아니하니까, 큰 부자들뿐 아니라 돈푼이나 조금 가진 자들까지도 가난한 사람들을 깔보지만 신문에 보도되지 아니하는 케이스가 보도되는 케이스보다 몇천 배, 아니 몇만 배 더 많다는 사실을 직시해야 된다는 말입니다. 건방져요, 미스 박! 너무나 건방져. 보기 싫어. 나 혼자 버려 두고 나가요. 꺼져 버려. 제발…….”

“브라보!”라고 소리 지르는 정옥이는 박수를 쳤다.

“됐어, 됐어요. 감탄해요, 미스 김…… 참말이지 나는 그 알량한 조금도 달갑잖은 아버지 덕택에 어렸을 적부터 예스맨들에 둘러싸여 자랐어요. 집안은 물론 동리에서도, 국민학교, 중고교 선생들까지도 나만은 그들이 가르치는 학생이 아니라 공주님인 양 떠받쳐 주는 환경 속에서 살아왔어요. 그런데 지금 미스 김의 거침없는 독설을 듣게 된 거 얼마나 상쾌한 지 몰라요. 십 년 묵은 체증이 쑥 내려가는 것 같은 기분이어요…… 지금부터 나는 미스 김 떠나서는 살 수 없을 거예요.”

간호부가 들어왔다.

체온과 맥박을 재고 난 그녀는, 열도 맥박도 모두 정상적입니다,고 말하고 차트에 끄적거리고 곧 나가 버렸다.

정옥이가 다시 입을 열었다.

“더구나 내가 미스 김을 꼭 모셔야만 할 이유가 있어요. 그건 미스 김의 머리가 나보다 너무나 월등하다는 사실, 그것이어요. 커트라인이 높은 학과에 거뜬히 패스했을 뿐 아니라 고교 재학시절부터 남의 아이들 과외 공부를 지도…….”

“아니, 그만, 그건…… 저 시험 치르는 날 재수에 달렸다고 나는 봐

요. 그날 수험생의 몸의 컨디션과 그날 운수가 당락을 좌우하는 것이니까
요. 사실 말이지 십이 년간 배운 지식을 단 몇 시간에 답안지 몇 장 써 내
는 것을 가지고 실력의 우열을 측정한다는 건 넌센스, 모순이 아닐까요
……."

"그만…… 그런데 말요, 미스 김이 심리학과를 전공과목으로 택한 동
기는?"

"동기? 뭐 그런 거 생각 안했어요. 그저 좀 괴상한 학과니까 지원자가
적어 경쟁률이 낮으리라고 짐작하고……."

"자아, 그러니 세상사는 정말 불공평하군. 내가 심리학과를 제일지망
으로 입시원서에 써낸 데는 나대로의 심각한 동기가 있었는데 그런 나는
떨어지고, 무턱대고 써 넣은 미스 김은 붙고…… 호호, 그런데 그 동안
심리학에 대해 무엇들을 공부했나요?"

"배운 게 아직 거의 없어요. 미스 박도 아다시피 대학교 일 학년은 고
등학교 연장이고, 이 학년에 올라가서는 개론만 배우다 마는 것이 아닙니
까. 지나간 두 학기 동안 철학개론, 문학개론, 사회학개론, 자연과학개론
등등 개론만 공부했지요…… 심리학도 심리학개론만 좀 배우다 말고 그
이상 더 공부한 게 없어요…… 그런데 미스 박이 심리학과를 택하게 된
심각한 동기는?"

"좀 치사스럽다고 볼 수 있는 동기였지요. 남녀 관계의 이상스런 심리
작용을 과학적으로 배우고 연구해 보고 싶어서였지요. 오십대 들어서는
홀아비가 어떤 심리작용으로 자기 따님 또래의 소녀를 후처로 들여앉히는
지? 열여덟 살 난 처녀가 자기 아버지뻘이나 되는 홀아비의 후처로 들어
가는 것은 어떤 심리작용인지? 또 계모가 자기 나이 또래의 딸——전실
딸 말예요——의붓딸을 적대시하고, 학대하려 하고, 피하려 하고, 경계
하는 심리적 이유는 무엇인지? 또 자기 딸의 고등학교 동창생을 후처로
맞이한 아버지가 무슨 심리작용으로 인해 딸을 무서워하면서 딸의 요구라
면 섶을 지고 불구덩이로 들어가는 시늉이라도 하려는 그 심리작용의 궁

금증을 풀어 주기 위해 심리학을 전공하고 싶었던 거예요…….”

아침 식사가 들어왔다.

식사가 들어오는 것이 무척 다행이라고 영주는 생각했다. 수수께끼 같은 수작을 주워섬기며 눈에 광기까지 띠고 있는 정옥이의 푸념에 놀라기도 질리기도 해서 뭐라고 대꾸해 줄지 몰라 걱정하고 있는 참이었기에.

“식사하는 동안 난 좀 다녀와야겠어요. 용서해요.”

라고 말하고 정옥이는 밖으로 나갔다.

조반 식사 끝낸 지 얼마 안 되어 의사가 인턴들과 임상 학생들을 거느리고 회진하러 들어왔다. 영주의 깁스를 두루 살피는 의사는 영어로 뭐라고 설명을 하고 학생들은 노트를 열심히 하는 것이었다.

“경과가 매우 양호합니다. 두 주일내로 정골이 되어 완치될 거라고 보여집니다.”

라고 의사가 말했다.

“두 주일이오? 그렇게 오래 걸리겠으면 지금 곧 삼등실로 옮겨 갔으면 좋겠어요, 선생님…….”

“그런 건 보호자가 서무에 가서 수속하면 되는 거예요.”

라고 간호부가 의사 대신 설명해 주었다.

정옥이가 들어왔다. 배가 불퉁불퉁 나온 커단 누렁 종이 봉투 두 개를 가슴에 안고 들어온 그녀는 여러 가지 깡통과 식빵 한 개를 탁자 위에 늘어놓았다.

“병원에서 주는 식사 정말 형편없이 보이더군요. 맛이 없어 못 먹고 그냥 물렸겠지요, 물론? 자, 지금 내가 맛나는 조반을 차려 드릴게…….”

“싫어요. 나 조반, 병원에서 주는 조반 참 맛있게 잘 먹었어요. 지금 배가 불러 아무 생각도 없어…….”

"좀 가만 있어요. 난 아직 식전이니까요."

능란한 솜씨로 깡통 두셋을 딴 후 정옥이가 과일 주스 두 컵을 따라 놓고 샌드위치도 네 개를 만들었다. 그녀의 동작을 바라보며 군침을 삼키고 있는 자신을 발견한 영주는 자기가 너무나 치사스럽게 생각되어 수치감이 분노로 승화되었다.

"미스 박, 성의는 고맙지만, 나는 구호대상 인물이 아니라는 걸 똑똑히 알아 둬요."

라고 영주는 소리 지르다시피 큰 목소리로 빨리 말했다. 자기 자신에게 타이르는 말일는지도 모를 일이었다.

"브라보, 어게인. 구구절절 옳은 말씀. 그러나 지금 내가 미스 김에게 구호의 손길을 내미는 건 절대 아니어요. 어디까지나 가해자의 입장에서 피해자의 피해를 조금이나마 보상하고 싶은 정정당당한…… 아니, 뭐 여러 말 할 필요 없고 어쩐지 나는 미스 김이 좋아졌어요. 만난 지 이틀이 채 못 됐지만 코흘리개 때부터 사귀어 온 친구처럼 느껴지는 걸요. 친구가 자기 손으로 손수 만들어 권하는 음식인만큼 이런 거 저런 거 따지지 말고 싫더라도 조금만 들어요. 자아……."

밉살스럽기도 하면서도 정작 미워해서 안 되는 여성이 다 있군 하고 생각하는 영주는 주스를 마셨다.

주스가 너무나 맛이 있는데 놀란 그녀는 또다시 마음을 도사려 먹어야 할 필요를 느꼈다. 그래 그녀는 말했다.

"미스 박, 나도 고집이 센 사람이에요. 가해자고 피해자고 코흘리개 친구고 뭐고 다 집어치우고요, 치료비는 내가 벌어 갚을 것이니까 내 부담을 덜기 위해 지금 곧 삼등실로 옮길 수속을 해 주면 고맙겠어요."

"오케이, 그거 어려울 것 없어요. 나 이거 다 먹고 나서 곧 하명하시는 대로 시행하겠나이다."

정옥이가 나간 뒤 얼마 후 영주는 다른 방으로 옮겨졌다.

　방 안에 들어가 보니 침대 둘이 놓여 있고, 저쪽 침대에는 정옥이가 걸터앉아 있었다. 입원복 차림의 그녀가 미소를 머금고 영주를 바라보는 것이었다.

　"놀랄 건 조금도 없어요."

라고 정옥이가 말했다.

　"나도 지금 입원 환자가 되었으니까요. 당장 병은 없지만 전신 진찰을 받으려고 입원한 거예요. 바다를 항해하는 선박이 가끔 도크에 닿아 전체 검사를 받아야만 항해에 지장이 없는 것과 마찬가지로 인간도 가끔 전신 진찰을 받아야 삶을 영위하는 데 지장이 없다고 말씀하시는 고명한 의사님의 권고를 받아들여 이렇게 입원한 거예요. 그런데 어쩌다가 우연히 미스 김하고 한방에 있게 되었군요…… 지금 미스 김과 나는 룸메이트가 돼 버렸으니 싫건 좋건 의좋게 지내야만 할 공동 운명에 처해 있어요."

　입원한 지 나흘째 되는 날부터 영주는 남의 눈에 뜨일 정도로 우울해졌다. 정옥이의 재미있는 이야기도 한 귀로 듣고 한 귀로 흘려 버리는 것 같은 영주는 멍해지기가 일쑤였다.

　하루 종일 영주의 눈치를 세심히 살펴 온 정옥이가 마침내 입을 열었다.

　"미스 김, 왜? 무엇에 고민하지요?"

　"아아니, 뭐라구요? 고민? 내가 왜……?"

　"난 못 속여요. 이래봬도 난 미스 김에 비하면 인간 관계를 더 많이 가져 봐서 표정만으로도 남의 심정을 짐작, 아니 정확하게 알아맞히는 기술을 경험에 의해 터득했어요. 그런 면에서 볼 때 미스 김보다 내가 심리학 전공에는 더 적격자가 되는지도 모르지요…… 미스 김, 나한테 까놓고 죄다 얘기해 줘요. 가정교사 오 년이나 해 오는 동안 도대체 몇 가정이나 바꾸었지요?"

　"그런 거 말하기 싫어요."

　"옳지. 바꾸어 말하면 너무 여러 번 이 집 저 집 옮겨 다녔기 때문에 말하기조차 신물이 난다 그 말씀이군요."

정옥의 눈길을 피하는 영주는 얼굴을 붉혔다.

"저것 봐. 내 말이 맞았지요. 이번에는 이유야 어쨌건 보름씩이나 아이들을 가르치지 못하면 혜숙이네 집에서 쫓겨나올 수밖에 없는 걸 고민하고 있는 거죠……."

"미스 박이 그런 참견까지 할 권리가 없어요."

"어머, 참견이 아니라 대책을 강구해 보자는 거예요…… 대책이 내게는 얼추 서 있다는 말이에요…… 미스 김이 동의해 주기만 한다면…… 저, 저어 미스 김을 내가 내 선생님으로 모시고 싶단 말이어요……."

영주가 입을 열려고 하는 것을 손짓으로 말리는 정옥이가 말을 계속했다.

"내 말을 끝까지 다 듣고 태도를 결정 지어도 늦지 않아요. 지금 내 말은 농담도 아니고 동정심에서 나온 혀끝에 발린 발언도 아니에요. 어디까지나 나의 이기적인 나 자신을 위한 하나의 애원이어요. 나와 정말로 친밀해질 수 있는 친구, 비뚤어져 가기만 하는 내 마음에 브레이크를 걸어 줄 수 있는 카운슬러가 나에게는 지금 절대 필요해요. 그런데 그런 일을 성공적으로 수행할 수 있는 사람은 미스 김 하나뿐이라는 단정을 나는 내렸어요…… 대학에 들어와 처음 겨울방학에 소위 미팅이라는 것에 참가했었던 것이 내 마음 내 행동을 비뚤어진 길로 인도해 준 거예요…… 참, 미스 김도 미팅에 참가했었나요?"

"그런 덴 흥미가 없어 참가 안했어요."

라고 말은 했지만 영주도 실은 평생 처음 있는 그 그룹 데이팅에 커다란 호기심을 느껴 참가하고 싶은 생각은 굴뚝 같았으나 이른바 군자금을 마련할 도리가 없어 눈물을 머금고 그 기회를 포기했었던 것이었다.

"참가 안하길 참 잘했어요, 미스 김. 세상에 그 놀음처럼 유치하고 싱거운 것은 둘도 없을 거예요. 내 말 좀 들어 봐요. 초저녁에 지정된 다방에 선남선녀 이십 명이 모였어요. 제비뽑아 남녀 한 쌍씩 짝을 지어 가지고는 쌍쌍끼리 따로 헤어져 자유 행동하다가 밤 열시께에는 아무개 씨 부자 학부형 댁으로 모두 모여들어 올 나이트 파티를 가진다는 프로그램이었어요. 그런데 말이지, 제비 덕분에 어떤 철 안 난 남자 대학생 일 학년내기와 함께 어두워 오는 거리에 나서는데 다방, 택시로의 드라이브, 식당, 다시 다방들을 순례하는 나는 즐거움이라고는 티끌만큼도 느끼지 못하고 줄곧 고역이었어요. 제비뽑는 데 내 운수가 나빴었는지 그렇잖으면 내 짝이 된 바지씨가 특별한 바보였는지도 모르지만, 키가 작고 얼굴은 추물인 이 남대생이 레이디에 대한 에티켓은 에이 비 씨도 모르는 양 엉망이더군요. 그러면서도 제깐엔 그래도 사내랍시고 케케묵은 남존여비 사상의 대변자 노릇을 하노라고 어색하게 날 억누르려들며 뽐내 보려고 하는 꼴이 밉다기보다는 되려 우습더군요. 그래 한 시간이 다 가기 전에 모두 파하고 헤어지고 싶었지만, 아까 다방에서 다른 여대생들과 짝이 된 남학생들 중에는 얼핏 봐도 매력을 끄는 자가 두셋 있었다는 생각이 우세하여 열시 후 그들을 다시 만날 수 있는 기대를 품고 꾹 참았지 뭐요."

숨을 돌리기 위해 잠시 말을 멈춘 정옥이는 주스 반 컵을 들이켜고 나서 다시 말을 계속했다.

"그런데 말요, 그 올 나이트 파티에서 나는 한 번 더 남성에 대한 환멸을 느꼈어요. 간판만은 핸섬해도 속이 텅 빈 바지씨가 있는가 하면 겉도 속도 다 음흉한 자들도 있었어요. 다른 여대생들의 짝을 결사적으로 바꾸어 가며 춤도 추고 대화도 나누어 봤지만 바지씨들이란 대체로 어딘가 모자라더군요. 특히 정서면 발달에 있어 남성은 여성보다 뒤떨어져 있다는 결론을 나는 내렸어요. 일 학년내기 남대생들은 모든 면에서 아직 젖비린 내 풍기는 미숙아라는 걸 발견했어요. 그래 캠퍼스 안에서 만나는 상급 남학생들에게 더 큰 관심을 두고 살펴보기도 하고 데이트를 해 봤지만 모두 역시 세련이 덜 되어 있었어요. 도리어 길거리에 돌아다니다 얼핏 눈에 띄는 삼십대 남성들에게서 더 매력을 느꼈어요. 그래 나는 영민이——내 고등학교 동기 동창 말입니다——그애가 고교 졸업하자마자 자기

보다 이십여 년이나 연장자인 남자에게로 시집 가는 심정을 이해할 수 있
게 되었어요. 허지만 그애의 선택은 도가 넘치는 것이었어요. 한 십 년쯤
의 연장자 남자들에게서는 매력이 발견되지만…… 어, 너무 혼자 지껄여
서 미안해요……."

주스 한 컵을 단숨에 들이켜고 난 정옥이는,

"나 혼자 더 떠들어도 괜찮겠나요? 말이 난 김에 확 다 털어놓고 싶어
그러는 거예요. 괜찮아요?"

라고 묻는 것이었다.

"재미있어요. 끝까지 털어놓으셔요."

"그럼 그러지요. 평생 처음 가져 본 남자와의 데이팅에 실망을 느낀
나이기는 했지만 그것이 계기가 되어 나보다 연세가 육칠 세 가량 더 난
남성들과 사귀어 보고 싶은 생각이 끓어올랐어요. 때마침 악우——예,
악한 친구라고 해 두지요——못된 가시내를 통하여 댄스 교습소로 가 춤
을 배우게 되고 따라서 카바레 출입까지 하게 됐지요. 수많은 청장년 신
사들 품에 안겨 돌고 돌아 봤는데 그것도 얼마 안 가 시들게 느껴졌어
요——오십대에 들어선 우리 아버지가 이십대 문턱에 들어서는 아가씨
를 후처로 들여앉힐 때 느꼈던 구역질과 환멸감이 잠재의식으로 내 속에
숨어 있었던 탓인지도 모르지만——사내들——내가 사귀어 온 사내들
말이에요——그들은 모두가 다 암내 풍기건 안 풍기건 가리지 아니하고
암캐라면 무조건 언제나 어디나 따라다니며 흘레 붙고 싶어하는 수캐들이
었어요. 지겹고 욕지기가 났어요. 때마침 헉슬리가 쓴 소설책 한 권이 내
손에 들어왔어요. 그 소설이 나에게 가장 깊은 인상을 준 것은 거기 등장
하는 한 남자 주인공의 인생관이었어요. 그 인물이 밤에 자동차를 몰고
가다가 미친 듯이 길을 가로질러 뛰어가는 수캐 한 마리를 치어 죽이고
동행하던 여자에게 성에 대한 생물학 강의를 하는 대목…… 모든 생물은
성욕을 느끼게 되면 물불 헤아리지 않고 만족을 위해 덤벼들다가 목숨까
지 바치는 예가 허다하다고. 그러나 하등 동물의 발정은 단순히 종족 보

전을 위한 본능적 충동이어서 새끼 배고 싶은 때에만, 즉 봄과 가을 두 계절에만 며칠간에 국한되어 있다는 설명이었어요. 그런데 말이죠. 만 가지 생물들 중 영장이라고 자처하는 인간이란 동물은 어떠한가? 사시장철 가리지 아니하고 자식을 잉태시키고 싶건 말건 상관없이 언제나 밤낮 발정하는 것이 인간이라고요. 이 면에서 볼 때에는 인간은 동물들 중 하지하에 속하는……."

"미스 박, 잠깐. 러시아워에 만원된 버스 타 본 경험 있어요?"
라고 영주가 물었다.

"없어요. 신문지상에 자주 떠드는 보도를 읽고 짐작은 하고 있지만, 그런데 그 문젠 왜 갑자기?"

영주는 긴 한숨만 쉬고 말은 아니했다. 그녀는 회상하는 것이었다.

아마 중학에 다니기 시작했을 때부터였나 보다고 생각되었다.

——초만원 버스 안에서 기괴한 경험을 가지기 시작한 것이.

특히 늦은 봄과 이른 가을. 얇디얇은 내복과 교복, 이 두 얇은 옷 네 겹만을 사이에 두고 남들의 몸과 밀착된 채 만원 버스 안에 서 있을 때 뒤에 서 있는 남자 고등학교 학생의 허벅다리 근처에 무엇인지 빳빳한 돌출물이 내밀어 있어 그녀의 엉덩이를 꽉꽉 찌르는 것이었다. 그것이 무엇인지 대강 짐작하는 그녀였지만 그것이 자기 몸에 와 닿는 감촉이 징그럽고 메시껍고 더럽고 무서운 생각만 드는 것이었다. 그것을 피해 보려는 그녀는 온갖 안간힘을 다 써 봤지만 그야말로 가느단 송곳 하나도 비집고 꽂을 수 없을 정도로 밀착되어 있는 몸을 돌릴 도리가 없었다.

참고 참고 견디다가 버스가 멎고 승객들이 내리고 하는 때를 재빨리 이용하는 그녀는 가능한 한 여자들 틈에 끼여 서거나 그렇지 못할 경우에는 할아버지 앞에 끼여들곤 했었다.

그녀가 여자 고등학교 학생이 될 무렵에는 버스 안에서의 그런 경험이 되려 어떤 야릇한 흥분을 느끼게 만들어 주는 것을 발견하는 그녀는 혼자 창피하고 부끄러워서 저 스스로를 멸시하고 저주하고 증오하는 자학을 느끼곤 했다.

지금 정옥의 말을 듣고 있는 그녀는 자기 자신도 동물들 중 하지하가 되어 버렸다고 생각되어 몸서리 치며 화제를 돌려 보려고 했던 것이었었다.

정옥이가 다시 말을 시작했다.

"실은 남성들만 욕할 것도 아니에요. 그 점에 있어서는 여성도 남성 못지않게 대담하니까요. 내가 사귄 여인들 대다수가 남성을 단지 하나의 도구 일시적인 욕정을 만족시켜 주는 도구로밖에 더 평가하지 아니하거든요. 그런데 말이죠, 여성들의 그런 꼴을 보면 볼수록 나는 방종에 반항하고 싶은 생각이 더 강하게 됐어요. 나의 반항은 그녀들의 빈정거리가 될 만큼 정말 비정상적인지도 모르지만. 하여튼 나는 따돌리우는 신세가 되었어요——그들과 같이 행동해 주지 아니하는 나에게 흥미가 없는 모양이었어요. 그래 남성이건 여성이건 인간은 모두 다 더러운 동물이라는 생각이 날 괴롭혀 왔어요…… 그랬었는데 우연한 기회로, 참말 우연히 미스 김을, 청신하고 티없는 미스 김을 만나게 됐어요. 이것은 나에게는 구원의 손길을 만난 것과 마찬가지예요. 그러니 말이죠, 미스 김. 퇴원하면 나하고 함께 살도록 해요. 간청이에요. 가정교사질보다는 훨씬 더 나은 대우를 해 주겠어요——고정 월급을 원한다면 말입니다. 나이가 동갑인 날 가르친다느니 지도한다느니 하는 것이 거북하게 생각된다면 우리 의자매를 맺고 함께 살도록 해요. 우리 노할머님 팔뚝에는 다섯 개의 깨알만한 동그란 검은빛 문신이 새겨져 있어요. 그건 할머니가 처녀 시절에 동리 절친한 친구들과 의자매 맺을 때 신표삼기 위해 뜸을 뜬 거래요. 바늘에 펜 실에 먹칠을 해 가지고 팔뚝 피부 속에 꽂았다 빼어 남긴 자국이라고 설명해 주시더군요. 오늘 우리가 그런 야만적인 신표까지 만들 필요까지는 없고 그냥 구두로 신사적, 아, 아니 숙녀적 약속…… 아니, 아니, 내 참 뭐 이렇게 거창하게 나오고 있을까——간단히 말해서 내 룸메이트가 돼 주어요, 퇴원하자 말입니다."

"알겠어요. 미스 박. 미문여사 군더더기 다 집어치우고 간단명료하게 미스 박이 날 월급 주고 채용하려고 한다면 즐거이 채용되겠어요…… 대학 졸업하는 날까지."

퇴원하는 날 영주는 택시 타고 병원을 떠나갔다. 택시 피하다 부상 입고 입원했었던 자기가 택시 타고 퇴원하는 것이 어쩐지 어색하게 생각되기는 했지만 그러나 교통 기관들 중 가장 편안한 것이 택시라고 그녀는 감탄했다.

정옥이와 함께 간 곳은 하숙이 아니라 아파트먼트 오 층 한 방이었다. 침대 두 개가 놓인 서양식 침실에 부엌과 수세식 변소 겸 욕실까지 달린, 침실에는 전화까지 놓여진 편리하게 꾸며진 아파트먼트였다.

혜숙네 집에 두어 둔 영주의 소유물이라야 헌 옷 두서너 벌과 책 몇 권뿐이었다. 그러나 주인 마나님에게 작별인사도 하고 지난달 월급도 탈 겸 가 보기로 했다. 혜숙이 어머니가 집에 붙어 있을 시간을 전화로 미리 확인하고 찾아간 것이었다. 혜숙의 어머니가 영주를 대하는 태도는 쌀쌀할 정도가 아니라 모욕적이었다. 지난달 두 주일밖에 더 쉬지 아니했고 그것도 입원했었기 때문이었지만 먼젓달치만 계산해 주는 것이었다.

혜숙이가 마침 집에 없는 것이 어머나 영주에게 다행한 일이었다.

영주가 정옥이와 한방에 함께 살기 시작한 지 처음 몇 주일간 정옥이는 통금 시간이 거의 다 되어서야 돌아오는 날이 많았다.

술내음을 풍기며 외출복 입은 채로 자기 침대 위에 벌렁 눕는 정옥이는,

"미안해요, 미스 김, 허지만 이미 습관이 돼 버린 내 이런 생활을 금시 청산하기는 참 어렵군요. 정상을 되찾는 데는 얼마간의 시간이 필요할 거예요. 노력은 하고 있으니까요. 이해해 주고 얼마간 참아 줘요, 제발 …… 나도 미스 김처럼 차암한 여자가 되어 보려고 기쓰고 노력하고 있

으니까. 굿 나잇 미스 김!"
이라고 말하곤 했다.

　조금 뒤 정옥이는 이불을 뒤집어쓰곤 했다. 이불이 들먹거리는 걸 봐도 그녀가 흐느껴 울면서 입을 틀어막고 있다고 영주는 느낄 수 있었다. 무어라고 위로해 줄지를 모르는 영주는 속으로, '돈만 많이 있으면 누구나 행복하리라고 생각했는데 반드시 그런 건 아닌 모양이지.' 하고 생각했다.

　차츰 정옥이가 밤늦게 돌아오는 빈도가 줄어들었다. 먹을 것 마신 것 등 군것질감을 한아름 사들고 저녁식사 전에 집으로 돌아오는 그녀는 상당히 명랑하게 보였다.

　봄, 새학기가 시작되자, 열쇠 하나씩 따로 가진 이들 두 여대생은 출입을 따로 했다. 학교 수업시간이 서로 달랐기 때문이었다. 그러나 수업이 끝나면 그녀들 둘다 곧장 아파트먼트로 돌아와 둘이 함께 지내는 시간이 많게 되었다.

　각 대학 구내에는 도서관이 있어 방과 후에도 열람실이 열려 있었지만 도서관을 이용하는 학생 수는 극소수였다——시험 기간만 제외하고는 도서관보다 더 큰 매력을 끄는 다방과 다실과 커피하우스 등이 교문 밖에 너무 촘촘하게 개업하고 있었고, 언제나 남녀 대학생들로 만원 성시를 이루고 있었다. 다방 다음으로 많은 것이 당구장, 그 다음이 음식점, 그 다음이 양장점, 그 다음이 술집이었다.

　영주를 만나기 전까지 정옥이는 강의가 끝나자 교문 밖 다방에서 한 시간 이상 시간을 보내고는 명동으로 가 다시 다방 순례, 그 다음 양장점, 음식점, 술집, 카바레 순으로 밤늦게까지 거리거리를 쏘다니곤 했었노라고 영주에게 고백했다.

　영주는 영주대로 강의가 끝나자마자 캠퍼스를 떠나곤 했었는데 다실에나 살롱에 들르기 위해서가 아니라 어린이들 과외공부 지도를 위해서였었다고 고백했다.

어떤 날, 아파트먼트 안에서 저녁식사를 나누면서 정옥이가 말했다.

"미스 김, 참 고마웠어요. 내가 밤늦게 술 취해 돌아와 추태를 부릴 때에도 아무 말없이 내 주정을 받아 주는 유의 태도가 고마웠단 말요. 침묵이 명약이라던가 밤 늦도록 쏘다니면서도 유가 혼자서 방에서 기다리고 있을 것이라는 생각이 문득문득 날 때 나는 어서 빨리 돌아와야 한다는 의무감 같은 걸 느꼈어요…… 솔직히 말해서 유와 단둘이 있을 때 내 마음이 착 가라앉군 했거든요. 미스 김이 내 행동을 비난하는 잔소리를 했던들 나는 도리어 반발해서 더욱더 비뚜로 나갔을 것인데. 그러니 유는 심리학 전공 적격자예요. 유의 말이 아니라 체취가 날 구원해 준 거예요. 인제 나도 정상적인 생활을 할 수 있다는 자신을 얻었어요. 정말 고마워요, 미스 김."

한 학기 내내 함께 사는 동안 영주도 정옥이를 친구로 대해 얹혀 산다는 열패감이 일소되었다. 그리하여 지난 여름방학에는 정옥이 혼자서 부담하는 비용으로 둘이 함께 대천으로 해운대로 피서 수영 행각을 하면서 영주는 부담감을 느끼지 아니했었다.

해운대 호텔 로비에서 잠깐 만나 본 정옥의 아버지의 행동으로 보아 정옥이가 가정적으로 얼마나 불행하다는 걸 영주가 실감할 수 있었다.

아버지가 크리스마스 선물로 보내 준 백만 원짜리 밍크코트에 대고 화풀이하며 흐느끼는 정옥의 심정을 십분 이해해 주는 영주는 말릴 생각 없이 연민의 정이 담뿍 든 눈으로 바라보기만 하고 있었다.

별안간 코트를 방바닥에 던져 버린 정옥이가 침대 위에 쓰러지면서 울부짖기 시작했다.

"아버지! 제가 필요한 건 밍크코트가 아니고 아버지의 사랑이에요. 어렸을 적에 사랑해 주시던 것의 천 분의 하나, 만 분의 하나쯤만 사랑해 줘도 전 행복하겠어요. 정 오시지 못할 형편이라면 밍크코트를 남 시켜 올려보내는 대신 편지 한 장, 짤막한 편지 한 장만 우송해 주시면 되는 거예요. 내 사랑하는 정옥이로 시작되는, 사랑 두 글자만 적어 보내도 저는 행복하겠어요…… 아버지, 아버지, 아버지이, <u>으흐흐흐</u>……."

영주의 눈에도 눈물이 고였다.

추운 밤

어떤 추운 밤이었다. 좁쌀알 같은 싸락눈이 부슬부슬 지면을 덮고 살을 베이는 듯한 추운 바람이 눈보라를 지어 모든 지면을 눈으로 평면을 만들어 놓았다. 밤은 깊었다. 거리에는 행인 하나 없고 집집마다는 평화스러운 단잠에 호흡 소리가 끊임없이 바람 소리와 화(和)했다. 사면 광야에 싸인 이 조그만 동리가 다 고즈넉한 현세를 떠난 꿈의 나라가 되었다. 조차서 집집마다에 시커먼 창들이 지독히 부는 바람에 애원하는 듯한 무슨 소리를 들으며 물끄러미 눈 내리는 하늘을 내다보고 있었다. 마치 방 안에서 단꿈을 꾸는 사람들을 이 한기(寒氣)에서 보호하고 있는 듯이.

모든 창은 검었다. 다만 동리 한 끝 조그만 다 무너져 가는 오막살이의 창이 다 죽은 가운데 혼자 살아 있는 것같이 희미한 불빛을 어두운 공기에 내보내고 있었다. 그 집은 한 번만 보아도 빈한한 집이었다. 삼 년 전에 이고는 아직 이지 못한 초가 이엉이 흉하게 썩어졌고 이끼 얏자로 발랐던 얇은 담이 비와 눈에 부대끼어 여기저기 구멍이 났다. 맹렬한 바람이 사정없이 썩어진 이엉을 날리고 집이 무너질 듯이 독한 목소리로 둘러쌌다.

이 천병만마에게 둘러싸인 듯한 느낌이 있는 소옥 속에 금년 십삼 세의 어린 병서가 졸린 눈으로 괴로웁게 숨을 쉬는 어머니를 바라보고 있었다. 그리고 또 입에 웃음을 띠우고 평화스럽게 잠든 그의 누이동생인 네 살 난 아기의 얼굴을 바라보았다. 그리고 다시 눈을 돌려 여기저기 뚫려진 구멍으로 들어와 쌓인 흰 눈을 보았다. 그리고 오슬오슬 떨며 눈물이 핑 돌았다.

흰 누더기 하나로 몸을 겨우 가리우고 누운 병모(病母)가 다시 비명을 발하며 돌아누웠다. 괴로운 숨소리가 방 안에 분위기를 더하였다. 병서는 걱정스러운 눈으로 물끄러미 어머니를 바라보았다. 그리고 아직 비어 있는 그의 부친의 이불을 얼른 들이다가 어머니를 덮어 주었다. 어머니는 싫다는 듯이 두서너 번 손을 들었으나 가만 있고 말았다. 어머니는 눈을 뜨지도 않고 그저 속으로 알아듣지 못하게 중얼중얼 무슨 말을 하고 있었다. 병서는 꼭꼭 이불로 어머니 몸을 덮고 다시 머리맡에 쭈그리고 앉았다. 그의 어린 눈에서는 공포와 애련(愛憐)의 정이 넘쳐 뜨거운 눈물이 거침없이 흘렀다. 그리고 눈물이 뺨 위에서 얼었다.

바람은 여전히 그의 독특한 이상한 소리를 발하며 병서의 집 담 뚫려진 구멍으로 들이쳐 분다. 차디찬 눈이 방 안에 흩어졌다.

병서는 단 일 분간의 수면에서 깨었다. 그는 거의 얼어 죽을 지경이었다. 그는 눈을 뜨고 사방을 둘러보았다. '아버지는 아직도…….' 하고 원망스러운 듯한 목소리로 중얼거리고 추움에 발발 떨었다. '밤도 몹시도 길다.' 하고 생각했다. 그리고 어서 아침이 되었으면 했다. 어머니의 호흡 소리는 점점 급하여졌다.

하늘은 여전히 컴컴하였다. 바람은 역시 춥고 매웠다.

열흘 전부터 병석에 누운 어머니는 몹시도 피곤하였다. 죽 한 번도 변변히 쑤어 드리지 못하고 약 한 봉지도 사다 드리지를 못한 어린 병서의 마음은 터지는 듯하다.

병인(病人)은 벌써 자기의 최종기를 깨달은 듯하였다. 그는 끊임없이 병서를 불렀다. 또 아기를 불렀다. 그러나 그의 목소리는 모기 소리같이 약하고도 슬픔을 띤 신음 소리였다.

　모친은 견딜 수 없는 듯이 얼굴을 찡기며 힘없는 팔로 잠든 아기를 안았다. 희미한 아주까리기름 등에 몽롱히 비추이는 그의 찡긴 얼굴에는 그의 마음속에 타는 듯한 고민을 똑똑히 드러냈다. 그는 '휘──'하고 한숨을 쉬고는 다시 병서의 손을 맥없이 쥐었다. 그는 벌써 자기의 최후를 각오한 듯이 그의 뺨에 눈물이 흘렀다. 그리고 무엇인지 알지 못할 어떤 비성(悲聲)을 겨우 발했다.

　병서는 그만 견딜 수 없이 되었다. 그는 어머니를 불렀다. 자꾸자꾸 어머니를 불렀다. 그러나 그 어머니의 입은 영원히 다시 열지 아니하려는 듯이 꼭 다물었다. 병서는 소리를 내어 울었다. 그리고 제 얼굴로 어머니의 얼굴을 문질렀다. 그는 쉬지 않고 어머니를 불렀다. 휘── 하는 한숨 소리와 같이 어머니는 눈을 반쯤 떴다. 그리고 병서를 바라보는 그 눈은 참으로 사인(死人)의 눈 그것과 같았다. 어머니는 떨리는 손으로 병서를 안았다. 그러나 그 손은 조금도 힘이 없었다. 그는 무슨 말을 좀 해 보려고 애쓰는 것이, 그의 부들부들 떠는 입술과 열정에 끓는, 그러고도 힘없는 그 반쯤 뜬 눈 위에 똑똑히 드러났다. 그는 한참만에 겨우,

　"병서야!"

하고 말을 꺼냈다. 말을 더 이을 힘이 없는 듯이 어머니는 다시 괴롭게 숨을 쉬다가,

　"애기야!"

하고 다시 입술을 떨었다. 그리고 그는 자기 최후의 힘으로 병서를 껴안았다. 그리고 잘 들리지도 않는 슬픈 곡조로,

　"병서야── 너……."

　어머니의 말은 중도에 끊어지고 말았다. 병서를 안았던 그의 팔은 맥없이 풀리었다.

　어머니는 가슴이 찢어지는 듯한 목소리로 그의 고통을 호소하는 듯이

부르짖었다. 병서는 어찌할 줄을 몰라 어머니 가슴을 짚고 부르르 떨기만
했다. 그의 놀라서 크게 뜬 눈에는 눈물이 말랐다. 그의 기막힘과 슬픈
눈물로써 나타낼 정도의 그것은 아니었다. 그의 슬픈 눈물로써는 도저히
나타낼 수 없는 눈물 이상의 극도의 슬픈 것이었다. 그의 크게 뜬 눈이나
벌린 입이나 부르르 떠는 손들이 그의 이 극도의 놀람과 슬픔을 넉넉히
드러냈다.

몹시 부는 극한(極寒)의 바람에 등불이 거의 꺼질 듯하며 펄럭거리었
다. 여름내 파리똥으로 새카맣게 된 그의 천장에 불 그림자가 커졌다 작
아졌다 소리 없이 움직이었다.

어머니의 머리맡에 놓인 요강 속에 어머니의 개워 놓은 밥찌끼가 딴딴
하게 얼어서 혹은 빛나게 혹은 꺼멓게 보였다. 윗간 모퉁이에 하얗게 쌓
였던 눈이 어떤 바람을 받아 하얗게 성에가 쓴 습한 담으로 기어오르다가
는 다시 내려지기도 했다.

병모(病母)는 손을 내저었다. 그 손을 내어젓는 것이 삼십 년이라는
짧으면 짧다고 할 수 있고 길다면 길다고 할 수 있을 그 동안에 그가 너
무도 학대를 받고 몹시도 버림을 받던 이 무정한 세상을 하직하느라고 작
별의 인사를 하는 것같이 보였다. 마는 또 한편으로는 그렇게도 괴로움을
받고 그렇게도 버림을 받았을지라도 그래도 이 세상과는 무슨 인연이 있
는지 참으로 떠나기가 싫어서 그의 눈앞에 와 섰는 사(死)의 신을 막느
라고 내젓는 것같이도 보였다. 적어도 이것이 무정신(無精神) 상태에 있
는 병인(病人)은 이 두 가지 뜻을 다 겸하여 그의 손을 내저었을 것이다.

그러나 그의 손은 너무도 힘이 없었다. 그는 다시 팔을 늘어뜨리고 가
만히 있었다.

한참만에 병인(病人)은 최후의 힘을 모아 병서를 껴안았다. 그리고 신
음의 소리를 연발하며 힘없는 눈으로 물끄러미 그를 들여다보았다. 그 눈
은 마치 병서에게 이렇게 말하는 것 같았다.

'불쌍한 병서야! 내가 죽으면 너는 어떻게 하겠니, 또 애기는! 아아!

너는 참으로 불쌍한 아이다. 그러나 병서야, 결코 너의 아버지는 원망치 마라. 그리고 또 이 추운 겨울에 너를 내버리고 혼자 가는 이 어미를 야속하게 생각지 마라, 죽음이라는 것은 도저히 자기 힘으로는 할 수가 없는 것이니라. 너는 지금 어렸으니깐 모르겠지만 너는 이제 크면 알게 되리라…… 참으로 이 세상이란 것은 괴로우니라. 참으로 나는 그새 눈물도 많이 흘리고 기막히는 일도 많이 당했다. 너도 그 사이에 여간 당하기는 했지만…… 아아! 병서야, 이 추운 겨울에 너 혼자 어린 아기를 데리고 어떻게 지낼 터이냐. 아아! 너의 아버지는 너무도 무심하다. 그러나 …… 결코 조금도 원망치는 말아라…… 아니 나는 죽지 않는다. 결단코 너를 두고 아기를 두고 어떻게 죽겠니…….'

병서는 무슨 말로 어머니를 위로해 주고 싶었다. 그리고 결코 죽지 않으리라고 믿고 싶었다. 그러나 그는 어떻게 말을 꺼내야 될지를 몰라, 그저 가만히 열정있는 눈으로 들여다보고 있었다.

병서는 저를 들여다보는 어머니의 눈이 차차 흐려지는 것을 보았다. 그리고 그를 안은 쇠약한 팔이 차차 강하여지는 것을 느꼈다. 마침내 모친의 머리가 맥없이 늘어졌다. 그리고 병서를 안은 팔은 영원히 병서를 놓지 않으려는 듯이 꼭 쥐었었다.

그의 머리는 베개 아래로 맥없이 늘어졌다. 거의 다 빠진 검은 머리털이 그의 이마에 되는 대로 흩어지고 뺨 위를 지나 자리 위에 엉기어 있었다. 비웃는 듯한 미소를 띤 그의 입술은 다시 떨지 않았다. 그리고 그의 고요하게 감은 작은 눈이 그의 슬픔을 드러내는 듯하였다. 그가 며칠을 끌어 오던 그 괴로운 숨소리가 끊어지고 말았다. 그리고 그의 가슴을 짜내는 듯하던 슬픈 신음이 스러지고 말았다.

병서는 무서움에 떨었다. 그리고 '돌아가셨나?' 하는 생각이 번개같이 그의 머리를 스쳤다. 그리고 한없는 슬픔에 그의 가슴이 쪼개질 듯했다. 그는 눈물을 머금고 떨리는 목소리로 어머니를 불렀다. 마는 어머니는 다시 대답이 없었다.

그는 미친 듯이 어머니 얼굴에 수없이 입맞추고 울며 쓰러졌다. 그의 얼굴은 푸르고 희었고 그의 입술은 몹시도 떨렸다.

몹쓸 바람은 여전히 나는 모른다 하는 듯이 요란히 문창(門窓)을 울리고 방 안으로 차고 흰 눈을 들이밀었다. 가늘고 흐린 등불이 조상하는 듯이 바람에 펄럭거리고 있었다. 따라서 모든 불 그림자들이 역시 우줄우줄 슬픔을 띠고 조상을 하는 듯하였다.

한참만에 병서는 얼굴을 들었다. 찬바람이 그의 뺨을 스칠 때 그는 어떤 예민한 감각이 그를 떨게 함을 깨달았다.

그는 그의 어머니의 얼굴을 들여다보았다. 아까 그의 최후의 일 호흡을 끌던 그 순간에 띠있던 비웃는 듯한 미소는 여전히 그의 입술에 떠돌았다. 그 꼭 다문 입술은 마치,

'나를 이 지경에 이르게 한 것은 그 누구인가.'

하는 원망하는 듯한 표정이었다.

"아아! 어머니!"

하고 그는 외쳤다.

"어머니를 이 지경에 이르게 한 것은…… 그것은…… 그것은…… 아아! 아버지…… 아니…… 아니."

하고 그는 마치 무슨 수수께끼나 풀려는 듯한 표정을 지었다. 그리고 그는 이 어머니의 찬 얼굴이 묻고 있는 그 물음에 대답을 구해 내려고 무한히 애썼다. 어떤 생각이 맹렬히 그의 가슴을 충동시켰다.

"아아! 어머니를 이 지경에 이르게 한 것은."

하고 그는 외쳤다. 그리고 그는 견딜 수 없는 마음과 증오의 염(念)을 감(感)했다.

"아아! 그것이다. 그것이다!"

하고 마치 무슨 물건이 보이는 듯이 손을 내저으며 외쳤다. 그는 다시 엎디었다.

지금 그의 눈앞에는 사흘 전 지낸 일이 똑똑히도 추상이 되는 것이었

다. 그의 눈앞에는 사흘 전날 밤에 그의 아버지가 집으로 돌아오던 모양
이 너무도 분명히 나타났다. 그때 그의 아버지는 얼굴과 의복에 흙칠을
하였었다. 그리고 그의 걸음은 완전한 사람의 걸음이 아니었다. 그의 몸
에서는 퀴퀴한 냄새가 나고 그 입에서는 쓸데없는 잔소리와 입에 담지 못
할 더러운 소리가 새어 나왔다. 그의 주머니에는 어머니에게 죽을 쑤어
드려야 할 돈이 하나도 없었다. 그러고도 일 원 돈이나 빚을 졌다고 자꾸
병서에게 돈을 내놓으라고 협박을 하였다. 마침내 그는 비틀비틀하는 걸
음으로 어머니의 병상으로 걸어갔다. 그리고 그때 그 아버지는 어머니를,
병난 어머니를 때렸다…….

병서는 더 생각할 수가 없었다. 그는 벌떡 일어섰다. 그리고 정신 없이
외쳤다.

"아아 그것…… 그것…… 그것이 우리 어머니를……."

그는 일종의 한기가 그의 몸에 핑 돎을 깨달았다. 그리고 그는 미친 듯
이 밖으로 뛰어나왔다. 그는 정신 없이 토방(土房)에 세워 두었던 지겟
작대기를 들고 눈 위로 달음박질하여 갔다. 그의 몸은 화끈화끈 달고 그
의 눈에는 불꽃이 날렸다.

그는 마침내 어떤 집 앞에 우뚝 섰다. 별로 좋지도 못한 그 집 창으로
는 희미한 불빛이 흥분한 어린 병서의 얼굴에 비치었다.

그 집 주위에는 견딜 수 없는 악취가 사방으로 흩어졌다.

그는 전력을 다해 방문을 열었다. 쉽게 열렸다. 화끈화끈 더운 김이 그
의 언 코를 막히게 했다. 그는 핏빛이 된 눈으로 얼른 방 안을 한 번 둘러
보았다. 단 일 초 동안에.

방 안에는 불을 켜 놓은 채 삼사 인이 되는 대로 누워 있었다.

농부들의 무곡조한, 집을 울리는 코고는 소리와 알코올과 탄산가스가
합한 괴악한 냄새가 그를 불쾌케 할 뿐 아니라, 정신을 아득하게 하였다.
그의 이는 박박 갈리고 그의 몽둥이를 든 손은 부르르 떨렸다. 그리고 소
름이 오싹하며 온몸에서는 땀이 흘렀다. 그는 윈 웃간에 배를 내놓고 누

위 있는 그의 아버지를 보았다. 그리고 일종 원망스럽고도 경멸스러운 안광(眼光)으로 그를 일 초간 쏘아보았다. 그리고 그는 곧 살이 피둥피둥한 이 집 주인 곧 술장수인 노인을 보았다. 그리고 견딜 수 없는 증오의 염(念)이 그의 마음을 괴롭게 했다. 그는 다시 그의 부친을 보았다. 아무 근심 걱정 없는 듯이 단꿈을 꾸고 있는 그의 부친이 슬프기도 하고 원망스럽기도 했다. 그래서 칵 들어가서 쓸어 안고 실컷 울고 또한 어머니의 임종이 어떠하였던 것을 일일이 말도 하고 싶었다. 마는 그가 그 일을 실행하기에는 그의 마음은 너무 급급하였다. 그는 뛰어들어가 집주인 영감을 실컷 때려 주고 싶었다. 그러나 그가 방 아랫목 머리맡에 놓인 술단지를 볼 때 그의 전 시력과 전 정신 전 능력은 다 그리로 모이고 말았다. 뜨거운 피가 짝 머리로 모였다. 그는 바삐 뛰어들어가,

“이 미운 놈아.”

하고 몽둥이를 들었다. 일격지하에 그 몽둥이는 맹렬한 소리와 함께 그 술단지를 깨쳐 버리고 말았다.

그는 좌르르 하는 술 흐르는 소리와 이 의외의 음성에 잠을 깬 주인의 신음 소리를 들었다. 그리고 그의 발이 액체에 젖은 것을 감(感)했다. 그러고는 제 의복바람에 겨우 팔락거리던 등불이 죽어 버린 것을 보았다. 그리고 그는 뛰어나왔다.

그는 정신 없이 아까 왔던 길로 도로 뛰어갔다. 그의 마음은 얼마만큼 보복을 행한 듯한 시원한 감이 있었다. 그러나 그가 다시 자기 집 방문을 열었을 때 그의 마음속에는 다시 원한과 슬픔으로 가득 찼다. 그는 좀더 원수를 갚고 싶었다. 그리고 이 세상에 있는 모든 술집들을 다 저주하고 싶었다. 그는 방문을 열어놓은 채 펄썩 주저앉아서 팔을 뽐내고 제 목소리를 다해서 고함쳤다.

그는 견딜 수 없었다. 그는 술집들을 저주했다. 그리고 술을 마시는 사람들을, 곧 자기 아버지부터라도 부덕한 사람이라고 단언했다. 어떤 위대한 인물이 생겨서 이 천하의 모든 술집을 다 헐어 버리고 오늘 제가 소부

분으로 실행한 것같이 이 세상 모든 술독들을 모두 다 때려 부수어 없이 할 수가 있게 되기만 위하여 기도하였다. 열심으로 성심으로 그것을 바랐다. 그리고 이제 그런 인물이 날 것을 믿고 싶었고 또 그렇게 믿었다.

추운 바람에 귀성(鬼聲) 같은 소리는 자기의 이 열심 있는 희망의 기도를 하늘 위의 하느님 앞까지 전해 주는 사자(使者)의 소리같이 그의 귀에는 들리었다. 그리고 자기가 원하는 그 일의 실행이 목전에 임박한 것 같은 쾌감을 깨달았다. 그리고 소리 없이 내리는 흰 눈은 곧 소원을 이루어 주리라는 하느님의 계시같이 생각되었다.

어머니의 '나를 이 지경에 이르게 한 것은 누구인가.' 하는 물음을 포함한 듯한 얼굴의 표정이 그로 하여금 더욱더욱 슬픔을 감게 했다. 잠깐 동안 가만히 앉아 어머니의 얼굴을 들여다보던 그는 다시 새 슬픔의 새 눈물을 흘리며 제 힘껏 소리쳤다.

"아아, 저주를 받을 너, 너는 만세전(萬世前)으로부터 기만(幾萬)의 생명을 살해했고, 현금에도 또한 수없는 사람의 생명을 해하는구나. 또한 이 뒤로도 너는 너의 독한 행실을 꺼림없이 발휘하겠구나. 저주를 받아라. 이 간악한 자여. 우리 인생에게 모든 불안과 공포와 불행과 죄악과 해독을 끼치는 너 악독한 자여, 영원한 저주를 받아라."

하고 부르르 떨며 술을 저주했다. 그리고 술을 마시는 자를 가리켜(물론 자기 부친까지),

"불쌍한 자여!"

하였다.

이 모든 소리에 곤히 잠들었던 아기가 깨었다. 아기는 울듯 울듯하다가 병서를 보고 방긋 웃었다. 병서는 말없이 쓴웃음을 웃으며 아기를 일으켜 안았다. 그리고 어머니의 시체 위에 쓰러졌다. 몸이 오싹오싹하고 심한 졸음이 오는 것을 깨달았다.

그는 처음에 어머니의 사(死)를 생각하고 슬피 울었다. 이제 다시는 어머니를 만나 볼 수가 없다 하는 생각이 그의 가슴을 몹시도 괴로웁게 하고 슬프게 했다. 아기도 꼼짝도 아니하고 가만히 있었다. 새벽이 되어 오는지 공기가 차차 더욱 차졌다.

끊임없이 내리던 싸래기눈도 어느새 뚝 그치고 살을 베이는 듯한 찬바람이 여전히 눈을 휩쓸며 조금이라도 구멍만 있는 데면 한 군데도 아니 남겨 놓으려는 듯이 쐬쐬 불었다.

병서는 다시 얼굴을 들지 않았다. 그래서 그의 어머니의 '나를 이 지경에 이르게 한 것은 누구입니까.' 하는 그 표정도 보지 않았다. 한참 동안이나 술에 대한 증오의 염이 맹렬히 다시 그의 가슴에 끓었다. 그러다가 그 원한의 염은 집에는 불 땔 나무도 없고 밥 지을 쌀도 없이 저 혼자 나다니며 술을 마시는 그의 부친에게로 옮겼다. 그러다가는 또 그 원한은 술을 파는 이 서방에게로 갔다가, 다시 또 술이라는 물건 자체로 갔다가는 또다시 자기 부친에게로 갔다. 해서 어느 것이 과연 나쁜 것인지를 알 수가 없었다. 그래 그는 마침내 이렇게 생각했다.

'술을 먹는 사람이나 술을 파는 사람이나 술 그 자체이나 다 한가지로 나쁜 것이라.'고.

그러나 그가 이런 생각을 하는 것도 오랫동안은 아니었다. 그는 그의 조그만 집에 지붕이 벗겨지고 하늘문이 크게 열린 것을 보았다. 그리고 그리로부터 저의 어머니가 눈이 부시는 찬란한 옷을 입고 날아 내려오는 자태를 보았다. 그는 황홀히,

"어머니!"

하고 외쳤다. 어머니는 사랑스럽게 웃으면서 그와 그의 아기를 양수(兩手)에 안고 여러 가지 재미있는 말로 위로해 주었다. 그는 이제는 춥지 않았다. 슬프지도 않고 괴롭지도 않고 다만 따스하고 즐거웠다. 그는 그의 즐거움을 마음껏 즐겨할 수가 있었다.

이튿날 아침 밝은 해는 다시 열어 놓은 그의 창문으로 들이비추었다. 찬 세상을 영원히 떠난 어머니의 표정은 역시 '나를 이 지경에 이르게 한 것은 누구입니까.' 하는 어젯밤 표정 그것이었다. 어머니 옆에 쓰러진 아

기의 뺨에는 밤새도록 운 눈물이 얼음이 되어 있었다. 그는 꼭 어떤 재미
있는 꿈을 꾸는 얼굴 같았다. 어머니의 가슴 위에 쪼그리고 앉아 영원히
잠자는 그의 얼굴에는 '나는 행복이외다.' 하는 표정이 똑똑히 나타났다
…….

열줌의 흙

카운터 앞 동글의자는 하나도 비어 있지 않았다. 그러나 식탁들의 앞뒤에 놓여 있는 네모난 의자들은 거의 비어 있었다.

카운터에서 제일 가까운 네모꼴 의자에 나는 주저앉았다. 카운터 앞 동글의자가 하나라도 비면 얼른 뛰어가 차지하려는 속셈으로.

카운터 앞에 앉으면 아주 간단하고 값싼 음식——햄버그 하나와 커피 한 잔 정도——을 주문하고도 마음의 부담을 느끼지 않는 것이었다. 카운터 위에 놓여 있는 설탕과 크림은 얼마든지 공짜로 커피에 타 먹고도 돈은 육십 센트만 지불하면 되는 것이었다.

매부리코 남자 급사 하나가 내게로 가까이 왔다.

"혼자시군요. 저쪽 자리로 옮겨 앉으셔요."

라고 그는 명령조로 말했다.

'자식 건방지군. 〈미안하지만〉 소리는 빼먹고…… 팁은 바라지도 마, 자식.'이라고 나는 생각했다.

화가 난 나는 일어섰다——곧장 밖으로 나가 버리려고 그러다가 나도 모르는 사이에 나는 두 사람만이 마주앉을 수 있는 조그만 식탁 앞 의자에 앉고 말았다.

그리고 나는 안심고기 비프스테이크를 주문했다──철없는 만용. 나의 이런 망발에 내 돈지갑이 움찔할 것을 나는 알고 있었다.

그간 내가 사 먹을 수 있었던 최고의 식사는 질기기 한이 없는 한 달러짜리 스테이크뿐이었었다. 브로드웨이 오가 뒷골목에는 값싼 스테이크 전문 식당이 있었다.

별안간──내 가슴은 설레기 시작했다. 카운터 뒤에서 손님들 접대를 하고 있는 두 젊은 여급들의 모습이 내 눈에 띄었기 때문에 그들 중 하나는 금빛 머리털에 파란 눈을 가진 미인이었고, 다른 하나는 머리칼이 까만 여자였다. 머리만 까만 것이 아니고 얼굴도 까맸다.

이 검둥이 여자의 움직임을 내 눈은 짓궂게 따랐다. 손님들의 머리들 사이로 잠깐씩 나타나곤 하는 그녀의 한쪽 옆얼굴, 혹은 정면을 나는 볼 수 있었다.

그녀의 머리털과 얼굴이 까맣기는 했지만 얼굴 형태는 아프리카 산이 아니라고 내게는 보였다. 현대 인도인들의 얼굴 빛깔보다는 좀더 검었지만 틀림없이 옛날 코카서스 족의 후예라고 생각됐다.

미국인들의 나이를 옳게 판정하는 데 나는 서투르지만 그녀의 나이는 스물 정도가 아닐까 보여졌다.

매력있는 여자였다. 왠지는 몰랐으나 그녀의 모습이 내 가슴속에 거의 다 죽었던 불씨를 소생시켜 주는 것이었다.

이태 전에 날 버리고 가 버린 한국 여성에 대한 원망심과──또 그리고 억제하기 힘든 그리움.

내 끈덕진 시선을 인식하기라도 했는지 카운터 뒤 검둥이 여자는 약간 경계하는 눈초리로 날 힐끗힐끗 보곤 했다.

그녀의 모습에 너무나 황홀해진 나는 내가 애초 이 조그만 식당으로 들어오게 된 참된 이유를 거의 잊어버릴 뻔했다. 이 식당은 작기는 해도 사람이 많이 다니는 분주한 네거리 한 모퉁이에 서 있기 때문에 영업이 꽤 잘 되리라고 생각되어 동정을 살피려고 나는 들어온 것이었다.

직업을 찾아 헤매고 있었던 나였다.

내가 주문한 음식은 빨리 왔다——손님이 별로 많지 않으니까.

그러나 내가 식사를 반쯤 할 때 식당은 손님들로 가득 찼다.

자줏빛 모자에 금빛 솔을 단 터키모자를 쓰고, 자줏빛 코트가 아니면 아라비아식 저고리를 입은 남자들과 그들의 아내들이 좌석 절반 이상을 차지했다. 식당 윈도우에 크게 써 붙인 '귀족님들 환영'이라는 표지가 마력을 십분 발휘한 모양이었다——아니, 표지의 마력이 없었다손치더라도 미국 각 지방에서 일시에 모여든 이만여 명의 인파가 이 구석진 식당에까지 침투하지 않을 수 없었을 것이었다.

거의 백 년 전 바로 이 뉴욕 시에서 발족된 '슈라인 협회' 연차 회의가 다시 이 시에서 개최되고 있다는 뉴스가 연일 신문지상에 대서특필 보도되고 있었다. 종교 단체는 아니라고 하지만 협회의 각종 직위 명칭은 회회교 것을 따르는 단체였다. 단순히 사회사업——주로 무료 병원 설립과 운영——과 회원간의 친목을 목적으로 한다는 이 단체의 대표 이만여 명이 맨해튼 섬의 브로드웨이와 동서 오가 중심으로 집단 유숙하고 있는 만큼 그들의 여파가 동 이십칠가에 있는 이 식당에까지 흘러오는 것은 당연한 일이라고 볼 수 있었다. 더구나 모두가 다 돈 많은 부자들인데다 축제 기분에 들뜬 그들이 돈을 물쓰듯 쓰는 것도 이상할 게 없었다.

이 식당에 손님이 많아지자 서비스가 더디어 손님들이 오래 기다릴 수밖에 없었다.

'시간제 웨이터들이 소용되겠군——부엌에서도 손이 더 필요할 거고.'라고 나는 생각했다.

손님들이 계속 밀리는 것을 보는 나는 얼른 먹어치우고 자리를 비워줘야 하겠다고 마음먹었다.

출입문 바로 안 한옆에 있는 데스크로 가 식사대를 치르면서 나는,

"몇 시쯤 식당 문을 닫습니까?"

고 회계원에게 물어 봤다.

"새벽 두시——당분간은."

"지배인 좀 만나 뵐 수 없을까요."

"왜요? 직업 구하려고?"

"예."

"그럼 낸시를 만나세요…… 그녀가 주인이니까."

"어디 계신가요, 그분이?"

"바로 저기."

하면서 회계원은 카운터 뒤에 있는 검둥이 여자를 가리켰다.

"지금은 몹시 바쁘니까 새벽 한시쯤 다시 들려 보는 게 좋겠지요."

새벽 한시라면 여섯 시간을 기다려야 할 판이었다.

나는 거리에 나섰다.

거리거리에서는 '슈라인' 회원들이 진탕하게 놀고들 있었다…… 최고급 요정에서의 만찬, 행진하는 밴드, 먹고 마시고, 구경하려고 모여드는 숱한 군중 앞에 자랑스런 만족감을 느끼며.

이와 거의 때를 같이하여 흑인촌 하렘에서는 평등권을 달라고 외치는 검둥이 폭도들과 흰둥이 순경들이 치고받고 때리고 체포해 가고 도망가고 하는 사실에는 아랑곳없이.

구경꾼들 속에 나도 휩쓸렸다. 오늘 밤은 이곳저곳 자동식 식당들을 순례할 필요가 없어졌기에. 오늘 저녁에는 참으로 오래간만에, 정말 오래간만에, 나는 저녁을 배부르게 먹었던 것이었다.

아까 그 식당에 들어가기 전까지 하루 종일 나는 커피 석 잔과 쇠젖 두 잔으로 요기했던 것이었다——자동식 식당들을 두루 찾아다니면서 돈 주고 사 먹는 커피나 우유보다도 식탁 위에 놓여 있는 공짜 설탕과 크림을 더 많이 내 뱃속에 집어넣은 것이었다.

한 주일 전 어떤 날, 나는 진종일 냉수로 배를 채우고 다녔었다. 자동식 식당 한쪽에 있는 공짜 얼음 물통으로 가서 유리컵에 물을 받아 가지고는, 남들처럼 그 자리에서 쭉 들이켜고 가는 것이 아니라, 나는 식탁으로 컵을 가지고 갔다. 식탁 위에 있는 공짜 설탕을 듬뿍 타 마시곤 했었던 것이었다——여러 자동식 식당을 순회하면서.

재수 좋은 날에는 자동식 식당에서 남들이 먹다 남기고 간 음식을 훔쳐 (?) 먹을 수 있었다. 빵쪼가리, 파이 조각, 샐러드 두어 숟갈, 때로는 고깃조각도 먹을 수 있었다——이 식탁 저 식탁으로 옮겨 다니면서——빈 그릇 치우는 여급들과 단거리 경주 경기를 하면서.

훔쳐 먹었다고?

글쎄. 자동식 식당 식탁에 남아 있는 음식——손님들이 사 먹고 남기고 간 음식의 소유자는 과연 누구일까?

쓰레기통이 주인이지, 물론. 그런데 '배'라는 이름으로 알려진 내 뱃속 쓰레기통은 쇠로 만들어 은박 입힌 쓰레기통보다는 훨씬 고급이 아닌가. 더구나 쇠로 만든 쓰레기통은 음식물을 소화 못 하는 데 반해 내 뱃속 쓰레기통은 소화할 수 있는 것이 아닌가——소화가 너무 빨리, 너무 잘 되는 것이 나에게는 원망스러운 쓰레기통이었다. 십여 년 전 그러니까 1951년에 나는 한국 부산 근방 미군 주둔군 식당 쓰레기 버리는 덤핑 그라운드를 매일 배회하는 수백 명 어린이들 중의 하나였다. 우리가 뒤져 먹는 음식은 '꿀꿀이 죽'이라는 고상한 명칭으로 알려져 있었다. 이름은 그랬지만 음식 자체는 정말 기름졌고 맛이 별미였다.

한 해 동안에 내 배는 꿀꿀이죽 수십 톤을 거뜬히 소화했었다.

인적이 드문 샛길을 걸으면서 나는 아까 식당 회계원이 하던 말을 되새겨 봤다.

'식당 규모가 작긴 하지만, 젊은 검둥이 여인이 그걸 어떻게 운영해 나갈 수 있을까? 그런 나이에 어디서 돈이 나서 식당을 샀을까? 정말 주인이라면 아무리 바쁘기로니 선두에 나서서 여급 노릇까지 할 필요가 어디 있을까? 아프리카족의 혈통이라고는 보여지지 않았는데…… 하여튼 새벽 한시 뒤에 가 만나 보면 알게 되겠지.'

그러나 그때까지에는 아직 네 시간이 남아 있었다. 더구나 걷고 있는 나는 자주 흐르는 땀을 주체할 수 없었다. 손수건 한 개가 추할 만큼 더러워졌고 퀴퀴한 냄새가 났다——새 손수건은 지닌 게 없는데.

영화관 하나가 내 시야에 들어왔다.

영화관 출입문 밖 공중에 걸려 있는 전등 장치에 크게 나타나 있는 상영중인 영화 제목——그것이 날 유혹했다.

어둑신한 영화관 안은 에어컨디션이 돼 있어서 서늘했다——거의 추울 정도로.

은막에 비치는 누드콜로니(나체굴) 순례 천연색 영화가 내 눈에는 어디보다도 더 서늘하게 보였고, 내 관능을 몹시 뜨겁게 만들어 줬다.

두 차례 계속 앉아 나는 누드 영화를 감상했다——육체적인 욕망을 정신적으로 만족시키면서.

새벽 한시 조금 지나 나는 아까 그 식당으로 다시 갔다. 식당은 한 절반 비어 있었다. 회계원 모습도, 남자 웨이터들의 모습도 보이지 않고, 두 여급들만——낸시를 포함한——남아서 손님의 접대를 하고 있었다.

카운터 앞에 자리잡은 나는 커피 한 잔을 주문했다.

커피를 졸금졸금 천천히 마시면서 용기를 북돋운 나는 낸시에게 말을 걸었다.

"일거리가 혹시 없을까요? 접시닦기라든지…… 아무거나……."

"일본인이십니까?"

고 낸시가 나에게 물었다.

"아니오."

라고 나는 대답했다.

"그럼 중국인?"

"아니오."

"아, 그럼 한국인?"

"그렇습니다…… 그런데 난 놀란 걸요. 내 국적을 단 세 번 만에 알아맞히는 미국 사람을 만나는 건 오늘이 처음입니다. 미국인들 대다수는 한국이라고 불리는 나라가 이 지구상에 있는지 없는지도 모르는데……."

낸시는 빙그레 웃었다——말없이.

그녀의 미소——그 미소가 내 가슴을 철렁하게 했다.

이태 전까지 미소로 날 그렇게도 즐겁게 해 주었던, 그리고 지금 와서는 나에게 견딜 수 없는 고통과 자학과 분노를 주고 있는 한 한국 여성의 미소와 낸시의 미소가 너무나 비슷했다.

"미국 시민이신가요?"

그녀가 물었다.

"아닙니다. 공부하려고 유학 온 학생이에요…… 삼 년 전에…… 난 지금 직업을 구하고 있어요…… 결사적으로……."

"글쎄요…… 단 한 주일 가량만의 임시 일자리라도 가져 보겠습니까?"

"좋습니다."

"그럼 묻겠는데 하루 여덟 시간…… 새벽 세시까지 일하고 한 시간 임금은, 아 잠깐…… 예, 칠십오 센트입니다. 고맙습니다. 또 오세요…… 실례했어요. 미스터……."

"헨리라고 불러 주세요. 그냥 쉽게 한국 이름을 가르쳐 드리면 기억하시기가 귀찮으니까. 기억할 노력조차 안 했다가 다시 만나면 영락없이 찰리라고 부르더군요. 찰리는 질색이에요…… 헨리라고 부르세요."

낸시는 깔깔 웃었다.

"미리 말씀드려 둘 것은 임금은 한 시간에 한 달러입니다."

"좋습니다."

"숙소는 어디지요?"

"하룻밤 방세 두 달러짜리 싸구려 방이 있는 호텔들은 모두 다 내 숙소지요."

눈을 동그랗게 뜨는 낸시는 잠시 날 노려봤다.

"그럼 부탁드려요…… 지금 당장 일 시작할 수 있으세요, 헨리?"

"좋습니다."

"그럼 시작할까요. 부엌에 일이 산더미처럼 쌓여 있으니까요. 아, 잠깐, 샌드위치를 좀 만들어 드릴게 잡숫고 시작하지요…… 나두 배가 고프니 우선 좀 먹어야겠어요."

한 주일이 후딱 지나갔다.

그리고 식당 영업이 한산하게 됐다.

낸시가 금방 해고 통지를 내게 내릴 것같이만 생각되는 내 마음은 초조하고 우울했다.

오늘 밤부터 식당문은 열한시에 닫기로 한다고 낸시가 선언했다. 내 마음속 결정은 이미 내려져 있었다──내일부터는 또다시 한없이 걷는 내 발걸음으로 포장되어 있는 도로들을 뜨겁게 해 줄 것이요, 따라서 나는 자동식 식당들에나 드나들면서 쓰레기로 내 배를 채우지 아니치 못하게 될 신세를.

"나하구 얘기 좀 할까요, 헨리?"

라고 낸시가 말했다.

예기는 했었지만 막상 '해고선언' 하고 생각하게 되자 가슴은 떨렸다.

그러나 나는 '좋습니다.'고 말할 수밖에 없었다.

"잠깐 기다려 줘요…… 문 닫을게."

그녀는 나를 자기 자가용 자동차에 태웠다──내 숙소까지 바래다 준다는 것이었다. 그러나 차를 몰기 시작하자 내 숙소가 어디냐고 묻지도 않은 그녀는 앞만 내다보며 '센트럴 파크' 중간길을 몰고 있었다.

"헨리, 난 당신의 신상에 대해 좀더 자세히 알고 싶은 게 있어요."

라고 그녀는 불쑥 말했다. 눈은 앞만 보면서.

나는 얼른 말을 꺼내지 못했다.

컬럼비어 대학교 근처 가로수 그림자 아래에 그녀는 차를 멈췄다. 나더러 차 안에 그냥 남아 있으라는 뜻으로 내 어깨를 살짝 두들긴 그녀는 차에서 내렸다.

보도로 올라가 '파킹 미터'에 동전을 집어넣은 그녀는 차께로 도로 왔다.

차를 다시 타는 그녀는 차 안 전등을 껐다. 가로등불만 비치는 어스름한 차 안에서 그녀는 자기의 머리를 내 어깨에 기댔다.

"자, 헨리, 당신 얘길 죄다 들려 주셔요."

나는 어리둥절해지고 거북하기 한이 없었다.

"왜, 무슨 턱에 내 사생활을 캐려고 드는 거지요? 지금 당장 이 내 마음을 가득 채우고 있는 생각은 다른 무엇보다도 언제쯤 내가 해고당하는가 하는 공포예요."

"그러세요? 그럼 당신 가족에 대한 얘기를 해 주세요…… 당신이 어떤 분이라는 걸 내게 다 알려 주시면…… 당신이 훌륭한 분이라고 생각하게 되면 당신은 그냥 계속 우리 식당에서 일하시도록 제가 붙들겠어요…… 좀더 좋은 조건 밑에서…… 내가 그 식당 주인이라는 건 알고 계시지요."

그녀의 말, 그리고 가까이 느끼는 그녀의 체온, 둘이 다 내 신경을 자극했다. 언뜻 내 마음에 깊은 상처를 남기고 가버린 미스 송이 날 다시 찾아와 지금 내 품에 안겨 있는 것이 아닌가 하는 착각을 나는 느꼈다— 화해하자고 온 것인지, 날 더 괴롭히려고 온 건지는 알 수 없는 노릇이었지만.

낸시를 꼭 껴안아 주고 싶은 충동을 나는 느꼈다.

나는 군침을 꿀꺽 삼켰다.

"그다지 신경 쓰실 필요는 없어요, 헨리. 고향이 어디지요?"

"북한 평양 근처에 있는 한 촌락에서 태어났지요."

"그래요? 그 동리 이름이 뭐지요?"

"이름 대봤자 당신네 귀엔 치치푸푸로밖엔 안 들릴 텐데 뭘 그러시오.”

“그래두 말씀해 보세요.”

“정 원한다면 내 말 듣고 한 번 기억해 보려고 애써서 보세요…… 칠
골…….”

“아, 칠골…… 북한…… 평양서 가까운 칠골…… 부모님 다 거기
사시나요?”

“몰라요, 난.”

그녀는 몸을 떨었다.

한숨을 길게 쉬고 난 그녀는,

“소련군이 그 지방을 점령할 때 당신은 도망쳐 나왔다 그 말씀이군
요.”

라고 말했다.

한국에 대한 그녀의 너무나 풍부한 지식에 나는 놀랐다. 미국서 이런
사람을 만난다는 것은 정말 뜻밖이었다.

“낸시, 참 놀랐습니다. 당신은 한국에 대해 아는 것이 참 많은데, 어떻
게 그렇게…….”

“당신 혼자 남한으로 내려왔나요?”

하고 그녀는 물었다――내 물음은 대답 않고.

“그래요. 참 잘 맞혔어요…… 당신의 한국에 대한 지식 훌륭합니다.
놀랐습니다, 낸시. 호기심을 끄는구려…… 다른 미국인들에 비해 당신은
너무나 다르니까…….”

잠시 동안의 침묵이 흘렀다.

“결혼하셨나요, 헨리.”

하고 그녀는 불쑥 물었다.

나는 그녀를 포옹했다――그녀를 미스 송으로 착각하고.

낸시는 내 포옹에 순순히 응했다.

그녀의 입술에 내 입술을 갖다 댔다.

조용히 그녀는 내 키스를 음미하는 것이었다. 서로 꼭 껴안고 입술을 마주 댄 채 우리 둘은 오래 앉아 있었다.

"제 집으로 가 보실 순 없으세요. 헨리? 우리 할아버지를 만나 보시게."

라고 낸시가 속삭였다.

"왜 하필 할아버지?"

"제가 할아버지 한 분만 모시고 사니까요. 우리 식구는 단둘뿐……한국에서 오신 분이 그일 찾아봐 주면 그이는 무척 기뻐하실 거예요."

"왜?"

"할아버지께서 말씀드릴 거예요."

낸시의 아파트먼트 실내 장치에 호되게 놀란 나는 정신을 잃고 그녀가 무얼하고 있는지 인식하지 못했다.

오동나무로 짠 옛날 한국식 장롱들——물론 모조품이었지만 궤를 짠 기술은 진짜 뺨칠 정도였다. 자개 박은 나전칠기들. 한국산 인형들——필수품인 성춘향과 이몽룡이가 나란히 서 있는 인형.

꿈을 꾸는 것이 아닌가고 나는 생각했다. 이 환상이 스러져 없어질 시간적 여유를 주기 위해 나는 오랫동안 눈을 감고 있었다.

"자, 시원한 거 좀 드셔요, 헨리."

하는 것은 낸시의 목소리였다——분명.

나는 눈을 떴다.

내 눈앞에는 낸시가 분명 서 있었고, 번지 잘못 찾은 가구도 그대로 엄연히 놓여 있었다.

"조금 기다리시면 우리 할아버지 만나 보시게 될 거예요…… 그이 침실로 들어가야 만날 수 있어요."

너무 놀라 나는 우뚝 섰다.

침대 머리맡 기둥에 등을 기대고 반쯤 일어나 앉아 있는 노인, 얼굴에
는 주름살밖에 남은 것이 없는 것 같은 늙고 늙은 할아버지——한국인에
틀림없는 늙은이였다.

"자네 날 만나려고 와 주어서 참 고맙네."
라고 그이는 한국말로 말했다.

"자, 여기 이 의자에 앉으라구…… 난 턴디신명께 감사 감사하네
…… 내 간절한 소원을 풀어 주셨으니꺼니. 내 듣기에 자넨 칠골 출생이
라구…… 나로 말하면 칠골에서 오 리 떨어데 있는 조그만 촌에서 나서
거기서 자랐다네…… 헨리, 여보게, 자네 성은 뭔가?"

목소리가 저음이기는 했으나 건강한 음성이었다.

"황가 올시다."

"응, 황씨. 칠골에는 황씨가 많이 살고 있디…… 모두 뚷은 사람이
야. 나는 고가 성을 가진 사람일세…… 칠십여 년 전에 미국으로 왔
어……."

눈을 가늘게 뜬 그는 얼마 동안 나를 눈여겨봤다——마치 내 인품을
저울질해 보기나 하는 듯이.

낸시를 보려고 내가 뒤를 돌아봤으나 그녀는 방 안에 없었다.

온통 주름살투성이인 노인의 얼굴이 구겨졌다. 그이딴에 미소를 띠우
는 모양이었다. 그리고 그는 말을 이었다.

"흠, 자네 합격권내에 들었네. 자네가 우리 낸시를 뚷아한대디. 사랑
하나? 허긴 자네가 걜 사랑하건 말건 그건 상관없어. 자네는 걔와 결혼
해야 되니꺼니 그애는 자네가 좋다구 그랬으니, 천생연분이다. 턴디신명
은 남네 짝지어 주는 데 절대 실수를 안 하셔…… 밤이 이미 너무 깊었
구 자네가 피곤할 것두 난 알구 있어. 허지만 내 얘길 끝꺼정 들어 줘야
되네. 난 언제 죽을지 모르는 몸이니꺼니…… 지금 당장 내가 죽어두 난
한이 없어…… 이 행복한 순간에 죽어문 더욱 뚷디……."

이때 노인의 말은 중단됐다.

　　소반에 찻종과 찻잔 둘을 담아 든 낸시가 방 안으로 들어온 것이었다.
　　"아, 인삼차!"
라고 노인은 말했다. '인삼차'라는 말만으로도 그의 생기가 한결 돋우어
지는 것 같았다.
　　"자, 이 참 우리 같이 마시자구. 인삼차 마시문 기운이 소생되디. 나로
서는 자초지종 자세히 니야기할 기운이 소생될 꺼야…… 음, 참 동군,
뜨근하구 향기롭구……."
　　낸시는 밖으로 나갔다.
　　"어디꺼정 니야기했더라? 응, 그렇디. 내가 미국에 온 건 칠십여 년
전이었어. 낸시는 내 외손녀인데 걔 어멈은 한국 네자야…… 내 사랑하
는 딸 정옥이, 그리구 낸시의 아범은 흰둥이, 아, 아니디, 뒤늦게 아니끼
니 그 개새끼는 사실 백인과 흑인간의 트기였어…… 그놈의 잘못을 바로
잡기에는 너무 늦게 사실이 발견됐다. ……칠십여 년 전 나는 처음엔 하
와이꺼정 왔다. 거기서 사탕농당 일을 했다. 십여 년 동안 참 열심히 일
했디…… 하루두 쉬딜 않구. 그래 삼천 달러의 미국돈을 데툭할 수 있었
거든. ……그 당시에는 삼천 달러문 큰 부자였디. 그래서, 그래서, 난
한국 네자한테 당갤들구 싶었어. 오십 년 전에 소위 사진 결혼이라는 게
성행했었다는 사실은 자네두 아마 들은 적 있을 꺼야. 미국 한인 협회가
주관해서 한국에 사는 체니들과 미국에 와 사는 한국 총각들이 서로 사진
을 교환해 보구 좋으문 짝을 지었디. 내가 받아 본 첫 체니의 사진에 난
홀딱 반해 버렸어…… 칠골 사는 체니. 그리구 그녀도 내 청혼을 데꺽
받아들였꺼덩…… 물론 내 사진을 보구 나서 결덩지었겠디. 그녀가 미국
꺼정 오는 네비와 혼인 비용 전부 다 내가 치렀다. 그때 그녀의 나이가
열여덟이었어…… 나보다 십오 년이 젊은. 난 디독히 행복했디. 그녀
가 내 가슴에 못을 박고 떠나가 버리기 전까지는 말야. 도무디 두 달밖에
더 안 난 애기, 우리 정옥이, 즉 낸시의 어머니를 버리구 그년이 어떤 놈
팽이하구 함께 도망가 버린 거야. 그 뒤 난 일을 더 열심히 했어…… 나

와 또 제 어린 딸을 버리구 도망간 화냥년에 대한 분노감을 억누르려고 그리구 또 내 눈동자같이 소중하고 귀여운 딸 정옥에게 온갖 사랑을 다 쏟으며 일을 열심히 했어. 하와이가 싫어던 나는 미국 본토로 이사와서 조그만 골동품 상점을 개업했디. 돈 참 끔찍이 많이 벌었디…… 재혼은 아니허구…… 계집들 믿을 수가 없었거든. 내 온갖 정성을 내 딸 정옥이에게만 쏟아 걔는 건강하게 자랐고 학교에 가서는 공부도 무던히 잘했고 또 날 끔찍이 따랐어. 그러는 동안 정옥이는 아주 예쁜 체니가 됐디. 그런데 말이디, 우리 정옥이가 열여덟 나는 해에 그애가 내 가슴에 또 못을 박아 줬단 말이야…… 걔 어미가 박은 못보다 백 배나 되는 더 큰 못을 …… 어떤 흰둥이 놈팽이에게 꾀임받은 정옥이가 그놈하구 나 몰래 도망을 갔단 말야. 난 미칠 것 같았어. 이듬해 봄에 걔가 임신둥이란 편지를 받고는 내 마음의 얼음이 풀렸어. 우리 조상들 풍습에 따라 걔더러 친정에 와서 해산하라는 편지를 띄웠디. 그런데 그런데 우리 정옥이가 낳은 딸이, 그 딸이 검둥이였어…… 낸시. 내 딸 정옥이가 검둥이를 낳은 걸 본 내 사위 녀석은 제 처가 흑인하구 간통했다는 터무니없는 트집을 잡아 정옥이를 버리구 가버렸어…… 영 가버렸단 말야…… 검둥이 피가 실은 그 녀석의 피인데두 말야…… 아, 나무아미타불, 아, 아…….”

노인은 경련을 일으켰다.

놀란 나는 낸시를 부르려고 했다. 그러나 노인이 소리를 질렀다.

“아니여, 아직 낸시는 불러들이나마나 괜찮아…… 인삼차, 인삼차나 한 잔 더 따라주게…… 웅, 웅, 동아…… 자넨 참 착해.”

인삼차 한 잔을 단숨에 들이켠 노인은 말을 계속했다.

“자, 보라구. 나 아무렇디두 않아. 그 불쌍한 년…… 내 딸 정옥이 말일세…… 그녀는 목매고 자살해 버렸어. 자기의 결백을 증명하기 위해. 그걸 본 나는 미칠 것 같았어. 허지만 한편 그녀의 행동이 자랑스러웠어. 한국 여성들만이 감행할 수 있는 떳떳한 일이 아닌가. 그때 낸시는 난 지두 달밖에 안된 젖먹이였어. 고아가 된 낸시를 내가 극진히 키웠디……

긴 니야기를 줄여 말하자면 이렇네. 낸시가 무럭무럭 자라나고 있는 모습을 볼 때 어떻게 해서든지 걔는 고향으로 데리고 가 훌륭한 한국 남자와 짝을 지어 주고 싶어졌던 말야…… 내 재산은 몽땅 다 걔에게 물려줄 거니끼니 지참금은 어마어마하디. 허지만 겉으로 보기에는 틀림없는 체니가 내 고향땅에 가서 우리 나라 사람들과 어떻게 어울려 살 수가 있을까 하는 염려가 날 괴롭혔어. 자네도 아다시피 우리 나라 사람들은 대개 다 트기는 싫어하구 자꾸 놀려주디 않는가. 이 생각이 날 여러 해 동안 날 괴롭혔어. 그러다가 말일세, 천구백사십오 년부터 난 새로운 희망을 품기 시작했다네…… 그해 가을에 미군이, 흰둥이와 검둥이의 혼성 부대인 미군이 남한에 진주했디 않나. 해방된 조국에서 오는 신문들을 읽어 보니까니 남한에는 흰피 검은피가 섞인 트기들이 많이 생겼다구 했더군…… 그래 검둥이인, 겉으로만 검둥이인 내 손주딸 낸시도 고향에 가믄 꽤 어울리리라고 나는 생각하게 됐어. 특히 그녀의 외할아버지인 나를 아는 사람들이 혹시 여태 살아 있으문 그녀 대우를 잘해 주려니 하는 생각이 들었어…… 더군다나 그녀가 한국인의 아내가 되는 경우 남편 테면을 봐서라두 그녀를 아껴 주리라구 나는 생각했어. 지금 내 수중에 오만 달러가 있네…… 그거 다 낸시의 것, 아니 그녀와 그녀의 남편, 물론 한국 남자의 공동 소유가 되디. 여보게, 헨리, 아니 황군. 명심해 듣게. 자네가 바로 낸시를 아내로 삼아 데리고 고향땅으로 갈 그 사람이야. 적당한 한국인 남편을 물색하기 위해 낸시는 거의 일 년간 식당에 나가 일을 했네. 식당을 차리는 게 퐇겠다구 생각해 낸 건 바루 나야…… 만국에서 모여드는 각계 각층의 사람들이 데일 자주 들르는 곳이 식당이거덩.”

노인은 단추를 눌렀다.

낸시가 들어왔다.

“낸시야, 그 화분 이리 가지고 온.”

하고 노인이 외손녀에게 말했다.

낸시가 들고 오는 조그만 화분에는 파란 풀이 자라고 있었다.

"여보게 황군, 여기 자라난 이게 뭔디 아나?"

나는 머리를 저었다.

"조야, 조. 바루 한국 흙에 심은 한국 조란 말야. 수백 년 동안 우리 선조는 대대손손 한 뙈기 땅에 해마다 조를 심고 거두어 왔다네…… 내가 집을 떠나 미국으로 올 적에 그 땅흙 여남은 줌과 좁쌀씨 여남은 톨을 가지고 왔거덩. 내가 이 미국에서 미국인들의 돈을 긁어모으는 것처럼 이 흙은 미국 거름을 받아 가며 해마다 조를 길렀디…… 칠십여 년 내리. 고향 농토의 소유자는 우리 아버지가 아니고 디주였디. 그러나 이 화분에 담긴 흙은 내꺼야, 나의 분신. 그런데 말이디 이 흙과 낸시를 내 고향으로 데리고 가 줄 사람은 바로 자네야. 나두 물론 고향으로 가서 뼈를 묻고 싶지만 난 먼 네행을 하기에는 너무 늙었고 몸이 쇠약해 자네와 낸시와 흙이 지금 당장 고국으로 돌아가더라도 이북 땅으로 곧 갈 수는 없다는 걸 나두 잘 알구 있디. 허지만 난 이렇게 생각해. 너희들이 당분간 남한에 살고 있다가 북한이 해방되는 날 선두에 서서 고향으로 달려갈 사람은 자네가 아닌가. 내 고향은 자네 고향에서 오 리 안팎에 있어. 자네 고향으로 가거덩 큰 농장을 사라구…… 돈은 물론 넉넉히 있으니꺼니. 그래 가지구 이 화분 속에 칠십 년이나 갇혀 있었던 흙을 그 농토에 부어 섞으라구. 이 흙 속에는 내 혼이 깃들어 있어니꺼니 농토가 자연 비옥해질 꺼야…… 자, 너희 둘 다 이리 가까이 오너라. 내 늙은 몸이 이상 더 지탱할 수 있으리라고 생각되지 않아…… 세월은 자꾸 흐르고. 지금 당장 이 자리에서 나 자신이 너희들 짝을 지어 주런다. 너희 둘 손을 포개 쥐어라…… 응, 그렇게. 똫다. 자, 너희들의 포개 쥔 손을 내 손이 이렇게 겹으로 포개 쥔다. …… 아, 잠깐…… 나 인삼차 한 잔만 더……."

나는 꼬리 아홉 개 달린 여우에게 홀린 것 같은 기분이었다. 여우의 홀림으로부터 벗어날 수 있는 단 하나의 방도는 날이 새는 데 있다고 우리 할아버지는 늘 말씀하셨었다.

"음, 참 똫다, 그 인삼차…… 자, 너희들 손을 다시 포개 쥐어라. 그렇디, 그렇게."

라고 말하는 노인의 목소리는 떨렸다.

"아, 아, 너희들의 손 참 따스하구나. 너희 둘이 지금 부부가 됐다는 걸 난 턴디신명께 품고한다."

노인의 눈에는 눈물이 홍건히 괴었다.

"턴디신명이 너희들의 부부됨을 인정하고 축복해 주실 거다…… 지금 난 죽어도 안심하고 눈을 감겠다. 선조에 대한 나의 임무를 잘 수행하고 나서 죽는 나는 세상에 여한이 없다…… 난 기쁘기만 하다…… 정말 됫새 기뻐……."

노인은 혼수 상태에 들어갔다——주름살투성이인 얼굴에 만족하는 미소를 띤 채.

주요섭의 작품이해

신 동 욱

1. 작가의 연보

주요섭(朱耀燮, 필명 餘心, 1902~1972)은 평양 신양리 출생으로, 숭실중학 3년 때 일본 동경에 있는 청산학원에 편입한 다음 1919년 3·1운동 뒤에 귀국하였다. 귀국 후 지하신문을 발간하다가 옥고를 치르고 중국 소주의 안성중학을 거쳐 1927년에 상해 호강대학을 졸업하였다. 이어 미국 스탠포드대학에서 교육학 석사과정을 1929년에 이수하고 귀국하였다. 1931년에 동아일보에 입사하여 『신동아(新東亞)』를 편집하고 나서 북경 보인대학의 교수를 역임(1934~1943)하였다.

광복 후 월남하여 출판사와 『코리아 타임스』 등 주필을 지내고, 1953년부터 경희대학의 교수로 지냈다. 한국 펜 사무국장과 위원장을 역임했다.

1921년 『매일신보(每日申報)』에 단편 「깨어진 항아리」를 발표하였다. 그리고 이어서 「추운 밤」(개벽, 1921. 4), 「인력거꾼」(개벽, 1925. 4), 「살인」(개벽, 1925. 6), 「개밥」(東光, 1927. 1), 장편 「구름을 잡으려고」(동아일보, 1935. 2) 등 사실주의 계열의 작품들을 발표하였다.

그후 작품이 차츰 바뀌어 「사랑 손님과 어머니」(朝光, 1935. 11), 「아네모네의 마담」(朝光, 1936. 1) 등에 이르러서도 인간주의적 작품을 유지하면서 연애의 문제를 진지하게 탐구하기도 하였다.

광복 후에도 그의 사실주의적 작풍은 계속되었으며, 단편 「대학교수와 모리배」(서울신문, 1948. 9), 「1억 5천만대」(自由文學, 1958. 4), 「잡초 (雜草)」(사상계, 1958), 「붙느냐 떨어지느냐」(자유문학, 1958. 5), 「여대 생과 밍크코트」(월간문학, 1970) 등을 발표하였다.

시인 주요한의 친아우였고, 시인 피천득 등과 교우하였으며, 1972년 심장마비로 세상을 떠났다.

2. 가난의 문제와 인간애 정신

1920년대 작가들의 공통된 작품 제재의 하나가 가난의 문제로 귀착했음을 여러 학자들에 의하여 논증되었다. 주요섭의 단편 「추운 밤」도 그러한 내용을 담고 있다. 주독에 걸린 한 가장이 가사를 돌보지 않아 그 아내가 병사하게 되자, 어린 아들은 술집의 술독을 깨고 어머니의 시신 옆에서 역시 동사한다는 극한적인 가난의 문제가 제기되고 있다.

작품의 내용은 간략하지만, 겨울 밤의 혹독한 추위라는 작품의 배경은 개인의 능력과는 다른 환경적 조건으로서 삶을 지배하는 혹독한 힘으로 암시되고 있다. 즉 능력 없고 가난한 사람들에게 있어 추위는 극복하기 힘든 자연의 냉엄한 힘임을 뜻하며, 동시에 사회적 무관심도 아울러 암시한 듯이 보인다.

작가는 이 작품에서 특히 어린 소년의 시선으로 가사를 돌보지 않고 주독에 걸린 아버지의 몰염치하고 부도덕한 삶을 포착하여 무책임한 아버지상을 고발케 하고 있다. 여기서 인간애 정신의 심한 결핍을 작가는 조명하면서 가난과 추위를 융합시키고 있다.

이러한 빈곤의 문제를 추구한 맥락에서「인력거꾼」도 주목되는 작품이다. 그 주인공 아찡은 병으로 인하여 무료병원에 가지만 병원에서는 냉대를 받는다. 그런데 한 선교사가 나타나 현세는 고해라는 말을 하며 신도가 될 것을 말한다. 여기서 아찡은 자동차를 탄 서양인이나 비단옷을 입은 색시들이 어떻게 되어 행복하게 사는지 의심을 하게 된다.

아찡은 선교사에게 "천당에도 인력거꾼이 있답데까" 하고 반문하여 많은 사람들의 조소를 받는다. 그러나 아찡의 생각으로는 현세가 괴롭더라도 먹을 것을 넉넉히 먹고 나름대로 현실적 삶에 충실하는 것만이 행복이라고 생각한다. 즉 천당이 따로 마련되어 있지 않을 것같이 생각되어, 현실의 삶이 중요함을 실감한다.

그러나, 아찡의 현실은 고달프고 외로운 것이었다. 그리고 극단적인 소외감을 느끼는 것이었다.

> 아찡이는 갑자기 이 세상 밖에 난 것같이 생각이 되어서 슬퍼졌
> 다.(정음사, 한국단편문학전집 27권, 85면)

이처럼, 극한적 궁핍 속에서 자신만이 소외된 사실을 실감하면서, 아찡은 과로와 빈곤으로 죽는다. 그리고 새 인력거꾼이 그 뒤를 이어 힘을 기울이지만, 그 역시 아찡과 같은 전철을 밟을 것이라는 작품상의 예정을 독자들에게 알려 주고 이야기는 끝나고 있다.

작가는 이렇게 하층 노무자들의 빈곤상을 들어 시대의 사회적 불균형을 일깨우며 동시에 인간애의 결핍으로 그러한 궁핍과 소외가 지속됨을 고발한 것이라 하겠다.

이러한 궁핍의 문제는 경제적 궁핍과 함께 인간애의 빈곤을 뜻하는 것으로 보인다. 특히 단편「개밥」에서 그러한 비인도적 현상이 제기되고 있다. 내용은 부잣집 개의 먹이를 빼앗아 어린애에게 나누어 먹이는 이야

기이다. 그러나 차츰 개가 성장하자 개밥을 빼앗아 아기에게 줄 수가 없
게 되자, 애는 점점 쇠약해진다. 해결책이 없는 어머니는 큰 개와 싸워
먹이를 빼앗으려 필사적으로 덤벼 개를 물어 죽이나 추운 방에서 쇠약한
아기도 결국 죽고 만다는 비통한 이야기이다.

궁핍의 문제가 단순히 개인의 무능력만이 아니라 시대의 사회적 제도와
맞물려 있음을 일깨우는 한편 경제적 불균형이 인간애 의식의 결핍과도
연결된 도덕적 과제임을 작가는 말하려 한 것임을 알 수 있다.

3. 애정 문제와 풍속적 제약

궁핍의 문제에서는 그 정서적 표출에 있어 격정적이며 이야기의 결말은
절망적이거나 비극적인 특징이 드러난다.

1930년대로 접어들면서 우리 삶의 문제는 식민지 치하의 심각한 제도
적 제약으로 인하여 사회적 문제보다는 개인의 문제로 그 문학적 제재를
전환할 수밖에 없는 시기로 접어든다.

그의 단편 「사랑 손님과 어머니」도 그러한 시대적 제약에 의한 불가피
한 주제를 다루게 된 시기에 창작되었다.

널리 알려진 바와 같이 이 작품은 유치원에 다니는 어린 소녀의 시선에
포착되는 성인 남녀의 사랑의 문제를 제시하여 사랑의 정서적 표출이 간
접화되어 서정성이 강하게 드러난 작품이다. 여기서 젊은 미망인인 어머
니가 사별한 남편을 사모하는 한편 사랑 손님에 대한 애모의 정에 관한
간접 묘사나, 사랑 손님의 미망인에 대한 애정 표시로 엮어지는 옥희에
관한 포옹과 사랑의 표시는 역시 간접화의 효과를 거두고 있어, 독자들의
상상적 참여를 유발한다. 옥희가 어머니를 속여 사랑 손님이 주었다는 꽃
을 받은 저녁의 묘사는 다음과 같다.

　꽃을 들고 냄새를 맡고 있던 어머니는 내 말이 끝나기가 무섭게 무엇에 몹시 놀란 사람처럼 화닥닥하였습니다. 그리고는 금시에 어머니 얼굴이 그 꽃보다 더 빨갛게 되었습니다.

（中略）

「엄마가 풍금 타나부다.」

하고 나는 벌떡 일어나서 안으로 뛰어들어갔습니다. 안방에는 불을 켜지 않았습니다. 그러나 그때는 음력으로 보름께나 되어서 달이 낮같이 밝은데 은빛 같은 흰 달빛이 방 한 절반 가득히 차 있었습니다. 나는 그 흰 옷을 입은 어머니가 풍금 앞에 앉아서 고요히 풍금을 타는 것을 보았습니다.(어문각, 신한국문학전집, 6권, 325면)

　이러한 어머니의 행동 묘사는 어린 소녀 옥희의 순진하고 맑은 눈빛에 포착된 대로 제시함으로써, 풍금소리와 달빛과 흰 옷을 통하여 어머니의 숨겨진 애정의 서정적 동향을 독자들이 느낄 수 있게 하였다. 말하자면 옥희의 순결한 감성적 인식에 독자들은 따라가게 되어 있다.

　이러한 시적인 인식은, 작가가 선택한 어린 화자에 전적으로 의존한 순결한 감성적 인식 때문에 얻을 수 있는 것으로 생각된다.

　그리고 밤에 기도하는 어머니의 묘사와 사별한 남편의 옷을 하나 하나 꺼내어 손으로 어루만지는 행위에서도, 그러면서 "시험에 들지 말…… 시험에 들지 말게……."를 되풀이하는 심야의 기도를 통하여 풍속적 한계를 인식한 젊은 어머니의 애욕의 고뇌가 적절히 간접화되어 있다. 그리고 "옥희 하나문 그뿐이야. 응, 그렇지……." 하는 말을 되풀이 하는 데서도 연애에 용기를 내지 못하는 풍속에 갇힌 여성의 고뇌가 담겨 있음을 독자들이 실감할 수 있게 하였다.

　그리고 사랑 손님이 떠나는 날, 그 동안 열어 두었던 풍금 뚜껑을 닫는 행위로써 체념하는 여인의 마음씨를 암시하고 있다.

이처럼, 개인의 애정 문제에 관한 숨은 진실을 서정적 묘사로 드러내면서, 그 풍속적 한계에 부딪쳐 가문과 딸의 장래를 위하여 체념하는 젊은 미망인상을 묘사하고 있다.

이러한 맥락에서 「아네모네의 마담」도 스승의 아내를 애모하는 전문학생의 고뇌를 다루었다. 역시 풍속과 세속적 도덕율에 얽매인 인물의 고뇌를 통하여, 개인의 한계를 드러내어 인간주의의 시선을 십분 감지할 수 있게 하였다.

이런 면에서 문제의 발견과 고발로서의 문학적 특성을 지니며, 반어적 결말의 처리에서 작가의 특출한 기교도 돋보이게 하였다. 말하자면 삶 자체가 모순과 반어현상이라는 엄정한 논리를 깨닫게 하는 작가정신을 읽을 수 있게 하였다.

「여대생과 밍크 코트」에서는 부성애의 결핍 문제와 남성의 끝없는 애욕의 문제를 제시하였다. 역시 삶 자체의 모순적 힘을 비판적 안목으로 제시하여 문제삼고 있다.

4. 광복 후의 혼란과 6.25의 고난 문제

광복 후에도 작품활동을 지속한 작가는 현실 문제에 민감한 반응을 보였다. 가령 단편 「대학교수와 모리배」에서는 아무리 정직하게 분수를 지키며 성실하게 살아가는 교수도 기본적인 생활조차도 할 수 없는 광복 당시의 삶의 고난상이 제시되고 있다.

광복된 조국의 새로운 정부에 기대를 건 당시대의 지식인 일반의 배반감이 적절히 집약된 내용으로 보인다.

특히 3.8선의 분할 소식을 들은 대학교수는 매우 우울한 상태에 빠진다는 장면을 다음과 같이 서술하고 있다.

청천벽력이라는 문귀는 많이 들어왔지만, 3.8선을 기점으로 미국
·소련 양국 군대가 한반도를 분할 점령한다는 소식이야말로 정말
청천벽력이었다. 우물 안 개구리였던 대학교수는 너무나 달콤했던
꿈에서 너무나 싱겁게 깼다.
　해방되었다고 너무나 감격했던 정비례로 대학교수의 우울은 신경
쇠약에 걸릴 정도로 심각하게 됐다.(같은 책, 349면)

　이러한 서술에서 국제간의 세력 균형의 과정에서 놀랍게도 한국이 또다
시 희생되는 국제 정치의 냉엄한 현실에 크게 실망하는 당시 지식인 일반
의 고통이 표명되고 있다. 이렇게 전혀 예기치 못한 국토의 분할로 인한
비극이 차츰 심화되어 끝내는 6.25라는 미증유의 전화에 이를 줄은 아무
도 알지 못하였다고 하겠다.
　이와 못지않게 개인의 가정 생활에서도 기초 생활로서의 호구지책조차
도 마련되지 않는 심한 빈궁상태에 빠져 가솔들이 굶주리는 참혹한 현실
에 처한다. 그러나 모리배나 탐관오리들은 그러한 빈곤 속에서도 오히려
부를 누린다는 부정적 세계가 대비되어 있다. 그리고 교수의 한 친구인
모리배에 의해 정계의 타락상이 규탄되고 있다. 그리고 모리배는 돈을 한
뭉치 주었지만, 교수는 그것도 제대로 간수하지 못하고 찻간에서 소매치
기에게 모두 잃고 빈 손으로 집에 돌아온다는 결말로 이야기는 끝나고 있
다.
　이어서 「해방 일주년」이라는 작품에서도 광복 후의 사회적 무질서를
비판적으로 조명하여 "생지옥"이라는 극단적인 표현을 쓸 만큼 비리로
얽힌 당시대의 혼란상을 말하고 있다. 영양실조에 걸린 어린 아이의 치료
와 먹이 문제로 인하여 고통받는 내용과, 설탕배급 받는 내용 등 모두가
비리로 얼킨 사회적 혼란을 알려 주는 실태로서 이야기는 마무리되고
있다.

 이어서 단편 「이것이 꿈이라면」에는 6.25의 직접 체험자인 주인공 광진이, 이북의 공산 치하에서 견디지 못하고 남하하였다가 공산당에게 반동으로 지목된 그 아버지의 행방을 찾아 수복 직후에 이북을 찾아가나 행방을 겨우 알아낼 즈음에 1.4후퇴로 아수라장을 이루는 참상이 체험적 안목으로 다루어지고 있다. 여기서 그의 사모하는 여성의 행태도 다루고 있으나, 이러한 대혼란 속에서는 어떤 가치를 소중히 하고 실천한다는 것 자체가 무의미할 뿐만 아니라 생존 그 자체가 삶의 의미로 요약됨을 발견하게 된다.

 이렇게 본다면, 작가가 설정한 화자의 교양이나 인생관과 광복 당시의 세태 및 6.25의 참극이 어느 한 면도 가치론으로 조화되지 못했다는 반어적 사태를 밀힘올 알 수 있다.

5. 마무리

 주요섭은 이처럼, 현실 문제에 남다른 관심을 기울여 가치의 어긋남, 또는 가치부재의 국면에 민감하게 반응하며 그 이반된 빈궁, 혼란, 소외, 죽음 등의 문제를 추구하고 있음을 보았다. 그러나 이러한 어긋남의 문제를 비판적으로 조명하면서도, 이래서는 안 된다는 당위의 가치론을 끊임없이 그 이면적 주제로 일깨우는 역할을 담당하는 뜻을 암시하고 있다.

 가령 「인력거꾼」이나 「개밥」에 보이는 죽음에서 시대와 사회 전체의 도덕적 책임 같은 것을 인간주의의 시선으로 독자를 일깨우고 있다. 즉 죽지 않아도 될 귀중한 목숨들이 죽어야 하는가에 관한 인간주의적 질문이 계속 던져지고 있기 때문이다.

 이렇게 보면 소설의 주제 발견은 나타난 현상으로서의 부정적인 삶과 있어야 할 필연의 가치가 숨어 있음을 깨닫는 데 있는 것이다.

주요섭 연보

1902   평남 신양리에서 차남으로 태어나다. 주요한(朱燿翰)은 친형. 아
        호는 여심(餘心).

1918(17세) 일본 아오야마중학부 3학년에 편입.

1919(18세) 3·1운동 후 귀국. 평양에서 등사판 지하신문 발간하다 출
           판법 위반으로 10개월형 받음.

1920(19세) 상해 후장대학 중학부 3학년에 편입.

1921(20세) 「추운밤」(개벽)으로 문단 데뷔.

1923(22세) 상해 후장대학교 입학.

1927(26세) 「개밥」(동광) 발표. 후장대학교 졸업.

1929(28세) 미국 스탠퍼드대학원 교육학 석사과정 수료, 귀국. 황해도
           출신 유(劉)씨와 결혼, 이혼.

1934(33세) 중국 보인대학 교수 취임.

1935(34세) 장편 「구름을 잡으려고」, 단편 「사랑 손님과 어머니」,
           「대서」 등 발표.

1936(35세) 김자혜와 재혼. 단편 「아네모네의 마담」, 「봉천역 식당」
           등 발표.

1943(42세) 북경에서 일본이 대륙침략에 협조하지 않는다는 이유로 추
           방, 귀국.

1948(47세) 「대학교수와 모리배」(서울신문) 발표.

1953(52세) 타계할 때까지 경희대학 교수지냄.

1963(62세) 영문소설 「The Porest of the White Lock」 발표.

1965(64세) 「여대생과 밍크코트」, 「세 죽음」 등 발표.

1972(71세) 심근경색으로 타계하다.

베스트셀러 한국문학선

사랑 손님과 어머니

펴 낸 날 | 2021년 9월 1일
　　　　1995년 3월 7일 초판 1쇄

지 은 이 | 주요섭
펴 낸 이 | 이태권

책임편집 | 윤주영
북디자인 | 박은정

펴 낸 곳 | 소담출판사
　　　　서울특별시 성북구 성북로5길 12 소담빌딩 301호 (우)02880
　　　　전화 | 02-745-8566 팩스 | 02-747-3238
　　　　등록번호 | 1979년 11월 14일 제2-42호
　　　　e-mail | sodambooks@naver.com
　　　　홈페이지 | www.dreamsodam.co.kr

ISBN 979-11-6027-197-3 04810
　　　979-11-6027-193-5 (세트)

베스트 셀러 월드북 도서목록

....